~ 3 ~

Je dédie ce roman à ma fille Virginie qui est une de mes plus
fervente fans

Chapitre un

A cœur vaillant, rien d'impossible
(Proverbe français)

Londres mars 1922

Luke Farnsworth, était en train d'écrire son courrier, lorsque Ned son majordome frappa à la porte, puis entra pour lui annoncer :

- Sir Colins est arrivé monsieur.

- Faites-le entrer Ned. Répondit son maître en se levant. Lorsque son ami pénétra dans la pièce, il se dirigea vers lui pour lui tendre la main.

- Alors vieille branche, qu'y a-t-il de tellement urgent pour que tu me fasses venir ? demanda James à son ami

- Assied toi. Veux-tu un verre de cognac ?
James regarda Luke se diriger vers le bar dissimulé dans un grand globe terrestre.

- Non donne-moi un verre de whisky, je sens que je vais en avoir besoin.

Luke tendit le breuvage à son ami, puis se laissa choir dans son fauteuil en face de lui, et prit une gorgée.

- Alors ? reprit James, ne me mets pas sur les charbons ardents.

Luke posa son verre sur le bureau, puis se pencha vers James, avant de répondre :

- J'ai l'intention de me marier.

James failli avaler de travers. Il toussa, posa son verre, et regarda Luke interloqué

- Tu plaisantes ?

Luke se laissa aller dans son fauteuil, puis joignit les mains et répondit :

- Nullement mon cher. Vois-tu je me suis rendu compte qu'un accident est si vite arrivé. Et qu'arrivera-t-il à ma fortune si je venais à disparaître brusquement ?

- Voyons, tu es dans la force de l'âge, rétorqua. James

- Le destin parfois mon cher fait basculer de vie à trépas des hommes plus jeunes que moi sont victimes des aléas de la vie. Tiens prenons l'exemple de lord Sedgewick

- Il est mort dans un accident de chasse, tu ne vas jamais à la chasse.

- Ou alors Pargeter

- Tu parles, il est mort d'une crise d'apoplexie, mais avoue qu'il l'avait bien cherché avec la vie de bâton de chaise qu'il a mené.

- N'empêche qu'ils avaient mon âge, et que je n'ai pas l'intention de m'en aller sans avoir mis mes affaires en ordre. Je ne veux en aucun cas, que mon frère, ou son fils héritent du moindre sou de ma fortune.

Le silence se fit un moment, et les deux hommes pensèrent à Reginald Farnsworth, marquis de Blakemore.

- Tu n'as qu'à faire un testament en ma faveur, reprit James en lui faisant un clin d'œil, ou alors donne tout à des œuvres charitables.

- Et après ? Tu es célibataire aussi, et tu peux très bien mourir avant moi.

- Quelle horreur ! S'exclama James en riant avant de reprendre son verre.

- J'ai envie de laisser ma fortune à mon fils, ou mes fils si j'ai de la chance.

- Et si tu n'as que des filles, reprit James taquin

Luke semblait réfléchir, puis pris une gorgée de brandy.

- Depuis six générations, il n'y a plus eu des filles dans notre famille, donc je suppose que la probabilité que je puisse en engendrer est plutôt mince.

- Sait-on jamais rétorqua James d'un ton de plaisanterie. Mais qu'ai-je à voir avec tes projets de famille nombreuse ?

- Pour me marier, il faut d'abord que je trouve la femme adéquate.

- Ah ! Tiens ironisa James, je pensais que tu l'avais trouvée

- Non, j'ai l'intention de mettre une annonce dans plusieurs journaux pour découvrir la perle rare.
James se leva brusquement

- Quoi !!! Tu as l'intention de te chercher une femme par petite annonce ?

- Exactement mon cher, reprit Luke, qui se versa une seconde rasade de Brandy. James tendit son verre vide, et laissa son ami le remplir.

- Mais pourquoi ? Tu as beaucoup de succès auprès de la gent féminine, il y a une douzaine de femmes du meilleur monde qui seraient prêtent à vendre leur âme pour une demande en mariage.

- Ne penses-tu pas que tu exagère un peu ?
James vida son verre d'un coup, avant de regarder son ami et de répondre :

- En aucune façon. Lady Bellemer attends depuis longtemps que tu lui fasses une demande, et puis la petite Cartwright j'en suis sûr espères que tu la remarqueras et….

- Oui, oui, j'ai compris. Mais vois-tu mon ami, elles sont gâtées, et je n'ai rien en commun avec elles. Ce qu'elles guignent c'est juste ma fortune.

- Tu te trompes, ton charme ne les laisse pas indifférentes.

- Peut-être, mais je les trouve futiles et ennuyeuses. J'ai envie de trouver une femme qui a d'autre choses en tête que les derniers colifichets à la mode, ou les derniers scandales et potins mondains. Je cherche une femme qui me serait redevable

- Que veux-tu dire par là ?

- Je cherche une femme qui aurait besoin de moi, qui soit désespérée
James fronça les sourcils

- Je ne vois pas de quoi tu veux parler.

- Je vais mettre des annonces dans les journaux populaires, afin de trouver une épouse qui ne soit pas riche. Une femme qui sera dans le besoin, afin que je sois sûr, qu'une fois mariée elle se rende compte de l'avantage qu'elle a en étant ma femme, qu'elle ne me posera pas trop de problèmes pour qu'elle puisse le rester.

A nouveau James se mit à rire

- Tu crois vraiment ça ??? Mon pauvre ami, les femmes nous poserons toujours des problèmes quoi que nous fassions. Mais ne vaudrait-il pas mieux choisir son épouse selon d'autres critères ?

- Ah ! Oui lesquels ?

- Qu'elle soit agréable à regarder, qu'elle ait de l'humour, qu'elle soit une bonne hôtesse, qu'elle présente bien, que sais-je encore. Après tout dans ta position il vaudrait mieux penser à ça.

- Il est vrai que mon épouse aura certains devoirs à sa charge, donc il faudrait trouver une femme qui ait un minimum d'éducation.

- Je te signale que dans les couches populaires, l'éducation se borne pour la plupart du temps à savoir lire et compter, et même ce n'est pas toujours le cas.

Luke se laissa aller en arrière, il croisa ses jambes, et semblait à nouveau réfléchir, alors que James s'alluma un cigare.

- Je suppose que lorsque j'aurai mis mon annonce, je recevrais quantité de réponses. Donc il faudrait trier tout ça et mettre de côté les femmes instruites, se trouvant momentanément dans une mauvaise passe financière.

- Tu crois que des femmes de ce genre recherchent un mari dans une annonce matrimoniale ?

- Mon cher, sache que depuis la fin de la guerre il y a moins d'hommes disponibles, et que si on a des problèmes d'argents, il est encore plus difficile d'en trouver.

- Oui, peut-être, mais sache aussi que les femmes d'aujourd'hui savent mieux se débrouiller que nos mères ou nos grandes mères. Elles travaillent et n'ont plus toujours besoin de se marier pour survivre.

- Balivernes, la plupart des femmes ont encore besoin d'un homme pour survivre. En tout cas le genre que j'ai en tête. James sourit en secouant la tête, décidément son ami ne s'était pas rendu compte que le monde avait changé depuis le début de la grande guerre.

- Bon soyons pratique reprit-il, comment vas-tu formuler ton annonce ?

- J'ai plusieurs types de formulations. Que dirais tu de : « homme aisé début trentaine cherche femme pour briser sa solitude »

- Hum c'est un peu vague tu ne trouves pas ?

- Alors : « Jeune homme bien sous tous rapport ayant bonne situation souhaite faire connaissance d'une jeune femme en vue de mariage. »

- Je ne sais pas ? Répondit James après avoir frotté son menton d'un air dubitatif, je trouve ça un peu banal. Que dirais tu de : « Homme la trentaine bien entamée, ayant fait fortune, cherche épouse présentable et de bonne éducation. Pas sérieux s'abstenir »

Cette fois ci ce fut Luke qui se mit à sourire, Il est vrai que de la formulation de l'annonce dépendait beaucoup de chose.

- Bon, tu ne vas pas me dire que tu m'as convoqué juste pour que je t'aide pour une petite annonce matrimoniale ?

- Non bien sûr, répondit Luke après avoir repris une gorgée de Brandy. Il se leva et posa son verre sur le bureau. Il mit ses mains derrière son dos, et regarda par la fenêtre. La pluie avait recommencé à tomber, et les gouttes coulaient le long de la fenêtre telle des larmes sur les joues d'une femme.

James l'observait entre la fumée de son cigare. Il attendait patiemment.

Luke repensa à ses dernières années Son enfance solitaire dans le château de ses ancêtres, quelque part dans le Devon. Toutes les méchancetés qu'il avait dû subir par son frère, et puis la dernière en date, lorsque son père l'avait mis à la porte avec perte et fracas. Ses errements, la guerre, et puis…. La fortune. Oui il était temps de songer à fonder une famille. Il avait envie d'avoir des enfants, même des filles quoi qu'en pensait James, des gens qui l'aimerait pour lui-même. Quant à l'épouse ? Bah il savait bien que l'amour était juste un autre mot pour le désir, l'important en fin de compte, c'était de bâtir un mariage sur la confiance et le respect mutuel. Il se tourna vers son ami, puis lui répondit :

- Je t'ai appelé parce que je tiens à ce que tu me fasses en tant que mon avocat, un contrat de mariage

- N'est-il pas un peu tôt ? Ne devrais-tu pas d'abord trouver une femme avant de penser au contrat ?

- C'est que c'est un contrat un peu spécial. Je veux le faire signer à ma future épouse avant qu'il soit question de mariage.

- Et que veux-tu mettre dans ce contrat ? Demanda James d'un ton un peu ironique

- Tous ce que j'attends du mariage. Je veux que mon épouse sache précisément quels seront ses devoirs, pour qu'il n'y ait pas de malentendus entre nous.

- Mon cher, je crois bien que les femmes savent certainement à quoi s'en tenir quant à ces devoirs. J'espère que tu n'as pas l'intention d'y mettre des clauses tels que : « l'épouse sera tenue à se soumettre trois fois par semaine au devoir conjugal »

Luke regarda son ami en secouant la tête

- Pff, dit-il, comme si j'avais besoin d'une clause pareille. Crois-moi, le devoir conjugal est ce qui me préoccupe le moins.

- Ah ! Oui je crois comprendre reprit James avec un sourire ironique. Mais alors que veux-tu inscrire dans ce contrat ? Luke regarda son verre. La lumière faisait briller le liquide à travers le cristal taillé.

- J'ai pensé y mettre sensiblement la même chose qu'un contrat de travail.

James écarquilla les yeux stupéfaits

- Hein ! Un contrat de travail

- Oui. Tu vois, en regardant les couples autour de moi, je me suis rendu compte que les épouses ont parfois tendances à oublier leurs devoirs

James se mit à ricaner.

- Il me semble que les époux aussi

- C'est vrai, tu as raison. Donc dès le départ je veux retenir les points les plus importants pour qu'il n'y ait pas de malentendus entre nous.

- Ne devrais-tu pas faire confiance à ton épouse ?

- Oui peut-être, dans d'autres circonstances. Mais je n'ai pas le temps de faire plus ample connaissance avec ma future femme. Donc je prends les devants.

- Quels sont les termes exacts que tu tiens à mettre dans ce fameux contrat ?

- D'abord la loyauté. Quoi qu'il arrive, j'attends de mon épouse qu'elle me soit loyale en toutes circonstances. La fidélité bien entendu, mais aussi qu'elle croit en moi. Ensuite honnêteté, je veux qu'elle me dise la vérité même si elle est laide, plutôt qu'elle me serve des mensonges aux beaux visages. J'attends en outre qu'elle n'essaye pas de m'influencer, parce que je déteste ça

James se mit à rire

- Mon pauvre ami, je ne pense pas que tu puisses écrire un tel contrat, car ce que tu dis là, est normalement ce qu'on attend de son partenaire, alors pourquoi l'écrire.

- Mais justement, parce que c'est écrit nulle part, répondit Luke, Il faut qu'elle sache que je prends cela très au sérieux.

- Et tes devoirs à toi ?

Luke le regarda, un peu étonné.

- Mais j'ai l'intention d'être un bon mari, je serai fidèle, je
ne jetterai pas l'argent par les fenêtres, je ne serai pas pingre
avec elle, et ce que j'attends d'elle, elle pourra bien sur
l'attendre de moi.
James se mit à rire.

- Alors buvons à la future Mrs Farnsworth

Chapitre deux :

Besoin fait maints
Sentiers tenir
(Proverbe français)

Elizabeth monta les escaliers qui menaient vers la mansarde ou elle vivait avec sa famille. Les marches craquaient sous ses pas, et elle pensait avec découragement que bientôt leurs moyens de subsistance allaient s'amenuiser encore plus. Dès qu'elle ouvrit la porte, quatre visages se tournèrent vers elle, mais se fut tante Irène qui lui posa la question qui était sur toutes les lèvres :

- Alors, est ce que tu as eu le travail ?

Elizabeth se laissa tomber sur une chaise branlante et regarda la théière un peu ébréchée qui trônait devant elle sur la table.

- Non, hélas. Il parait que je suis trop jeune pour devenir ne serais ce que, aide gouvernante. En plus je n'ai pas assez de certificat d'employeurs.

Margaret se leva, et chercha une tasse dans le petit buffet bancal. Personne ne dit rien, mais tout le monde pensait à ce que cela voulait dire.

- Peut-être devrais-tu chercher dans une autre direction ? Reprit Margaret. Tiens pourquoi pas vendeuse ? Après tout, dans ce métier il vaut mieux être jeune et jolie comme toi.

- Je ne sais pas, répondit Elizabeth découragée, après avoir pris une gorgée de thé. Devant elle, était posé une assiette de sandwichs aux concombres.

- Tiens des concombres ? Mais nous n'en avons pas les moyens.
- Calme toi, dit tante Irène, c'est l'épicier du dessous qui m'en a donné, il pensait qu'ils n'étaient plus assez beaux pour être vendu.

Elizabeth mordit dans un sandwich, et fit la grimace. C'est vrai que ce légume était amer, et le pain était rassis aussi et nul trace de beurre. Mais à la guerre comme à la guerre, il fallait manger ce qu'on avait. Elle soupira. Dire que quelques années plus tôt, elle mangeait des muffins avec le thé, ou du cake aux raisins. Lorsqu'elle releva la tête, elle aperçut le visage de son petit frère. Un gros bleu s'étalait sur sa joue.

- Hubert qu'est ce qui s'est passé ?!!! S'exclama-t-elle
Le jeune garçon baissa la tête, tandis que son frère Daniel répondit :

- Figure-toi qu'il s'est battu avec les garnements de l'étage du dessous.
- Mon Dieu, il faudrait vraiment qu'on trouve une solution pour partir d'ici, reprit Elizabeth dans un soupir.

- J'aurai bien une idée reprit tante Irène.
Tous les visages se tournèrent vers elle.

- Ah ! Oui, répondit Daniel, il faudrait peut-être une baguette magique dit-il, d'un ton ironique. Elizabeth lui jeta un regard plein de reproches, avant de se tourner vers sa tante et de demander :

- Tu as pensé à quoi ?

Irène se tourna et attrapa le journal qui était posé sur un guéridon derrière elle. Puis elle mit ses lunettes qu'elle portait toujours comme un collier autour du cou.

- Voilà, j'ai découvert une annonce, qui serait très intéressante pour toi

- Pour un travail ?

Irène enleva ses lunettes, et regarda sa petite nièce au fond des yeux.

- Non, pour un mariage

- Me marier ??? Tu n'y penses pas, dans notre situation, j'ai bien assez à faire que de m'occuper d'un mari en plus de tout le reste.

- Ecoute-moi Liz, si tu te mariais avec un homme du monde, nos problèmes seraient réglés.

- Tu ne peux pas me dire une chose pareille, me marier afin de mettre la famille en sécurité.

Tante Irène se mit à rougir. Elle se rendait compte que sa petite nièce avait mal compris ce qu'elle voulait dire.

- Ce n'est pas pour que ce que tu crois, je pense seulement que tu arrives à un âge où tu auras dû te marier, avoir des enfants, et pas les problèmes que tu as.

- Ah ! Oui, mais le mariage ne règle pas tous les problèmes, la preuve, si maman vivait encore, elle serait pauvre. Et puis toi non plus tu ne t'es jamais mariée.

Irène soupira.

- Ce qui est arrivé à notre famille est un malheureux concours de circonstances, ça ne doit pas nécessairement t'arriver. Quant à moi. Elle soupira de nouveau longuement, et son regard s'égara dans le lointain. Ne crois pas que je suis restée volontairement célibataire, j'ai été fiancée dans le temps, mais hélas le mariage ne s'est pas fait. Irène tourna à nouveau les yeux vers sa nièce. Mais toi tu devrais te marier, avoir des enfants et une famille

- Mais j'ai une famille.

- Oui, pour le moment, mais tes frères et sœur vont fatalement aussi un jour trouver leur voie, et fonder leur propre famille, et alors tu te retrouveras seule.

Elizabeth regarda sa tante avec surprise. D'ailleurs ses frères et sa sœur aussi devaient être surpris, car contrairement à d'habitude, aucun ne pipa mot.

- Moi je resterai toujours avec elle ! S'écria Hubert.
Elizabeth se tourna vers son petit frère, et lui répondit en souriant :

- Merci mon chéri.

Et puis tout le monde se mit à parler en même temps. Jusqu'à ce qu'Irène s'écrie :

- Silence ! Laissez-moi au moins expliquer pourquoi cette annonce me semble une bonne idée.

Tous les regards se tournèrent vers elle. Elle remit se lunettes sur le nez, reprit le journal, et lu :

- Homme la trentaine, très à l'aise, cherche jeune femme ayant de l'éducation, et bonne organisatrice, en vue d'une union. Pas sérieux s'abstenir

- Hein ! S'exclama Margaret, il cherche une femme ou une gouvernante ?

- Voyons Meg une épouse naturellement, mais pas n'importe quelle sorte d'épouse, répondit Daniel d'un ton railleur.

Elizabeth fronça les sourcils. Elle voyait bien dans les yeux de sa tante, que cette dernière était sûre que cette annonce pouvait être une chance pour eux. Elle soupira et puis elle répondit :

- D'accord, je suppose qu'on pourrait répondre et voir ce qui va se passer. Ça n'engage à rien.

A nouveau tout le monde se mit à parler en même temps, mais Elizabeth n'écoutait plus. Elle regarda sa tasse de thé sans la voir. Elle se souvint qu'elle avait déjà voulu se marier, il y a exactement deux ans. Elle avait été tellement assurée de l'amour de Christopher.

Elle se revoyait le jour où il lui avait demandé sa main. Était-ce seulement depuis deux ans ? Parfois elle avait l'impression que ça faisait une éternité. Et puis ses parents étaient morts, et elle avait appris que la situation financière de la famille était au bord du gouffre. Elle avait pensé à l'époque que Christopher allait la soutenir dans ces temps incertains. Hélas lorsqu'il avait appris qu'au lieu d'épouser une riche héritière, il se retrouverait avec une femme sans le sou qui amenait en plus une famille à sa charge, il s'était dégonflé. Il s'était cherché des excuses, arguant qu'il commençait tout juste une carrière d'architecte, et qu'il ne pouvait en aucun cas se charger de la nombreuse parentèle de sa femme. Il passa sous silence qu'il avait voulu avec l'argent que lui aurait rapporté ce mariage, installer un cabinet. A présent Elizabeth en y pensant savait qu'elle aurait un jour découvert la veulerie de ce jeune homme, mais qu'à ce moment-là il aurait été trop tard. En fin de compte, elle avait évité le pire, même si pendant longtemps cette rupture lui avait coûté.
Elle revint au moment présent en entendant Margaret s'exclamer

- Mais si je te jure qu'il trouvait ses victimes par petites annonces.

Elizabeth fronça les sourcils

- De quoi tu parles ? demanda-t-elle à sa sœur

- Mais de Henri Landru, tu n'écoutes jamais.

- Ah ! Et qu'est-ce qu'il a fait cet Henri Landru ?
Margaret regarda en l'air d'un air découragé, en soupirant un peu, pour forcer le trait.

- Il a tué des femmes

- Hein ?

- Oui, il mettait des annonces matrimoniales dans le journal, et il rencontrait des femmes seules, puis il les tuait, avant de les brûler dans son fourneau.

- D'où tiens-tu ça ? demanda Elizabeth en fronçant les sourcils

- Mais j'ai suivi toute l'affaire dans le journal.

- Comme c'est bizarre je n'ai jamais entendu parler de cette histoire.

- C'est parce que c'est dans des journaux français

- Des journaux français ?!!!! Mais comment est tu arrivé à lire la presse française ? Déjà qu'on a du mal à acheter les journaux anglais.
- J'ai découvert toute une pile dans mon armoire lorsque nous avons emménagé, tu te rappelles qu'on nous avait dit que l'ancien locataire était français.

- Et tu as lu tous ces journaux

- Eh bien je n'avais pas grand-chose à faire, et puis je voulais savoir si je maîtrisais encore cette langue.
- Tu ne devrais pas lire des choses pareilles, reprit Irène, de toute façon c'était en France, donc ce n'est pas la même chose.

- Et combien en a-t-il tué ? Demanda Hubert d'un air intéressé

- Onze personnes, et figurez-vous qu'il a commencé pendant la grande guerre, et personne n'a rien remarqué.

- Margaret, je t'en prie parle d'autre chose, c'est trop macabre, lui demanda Elizabeth.

La jeune fille fit la moue, dépitée de ne pouvoir raconter tous ce qu'elle avait lu dans les vieux journaux

- N'empêche que cela prouve que répondre à des petites annonces ça peut être dangereux.

- Je te promets ma chère, que si je dois rencontrer le monsieur qui a inséré cette annonce, je tiendrais à le faire dans un lieu public

  Et moi, je surveillerais de loin, afin de te protéger, ajouta Daniel avec un clin d'œil
Margaret soupira avant de répondre

- Bon alors si c'est comme ça… Mais elle ne put se retenir d'ajouter, n'empêche qu'on lui a coupé la tête le mois dernier

- A qui ? demanda Daniel

- Mais à Landru Pardi !

L'amour par petite annonce

Eglantine

~ 2 ~

Chapitre trois :

Celui qui a le choix,
À les tourments
(Proverbe français)

Luke venait de reposer la dernière lettre. Décidément, il y avait beaucoup de femmes seule, avides de trouver un époux. Surtout un époux ayant de l'argent ajouta-t-il in petto. La plupart d'ailleurs ne correspondaient nullement au profil demandé. Il soupira, puis réfléchit à ce qu'il allait répondre. Il avait mis exactement trois candidates de côté, sur quarante lettres ce n'était pas énorme. La plupart d'entre elle étaient veuves, et avaient de jeunes enfants. Ce n'est pas qu'il avait quelque chose contre ça, mais il avait plutôt besoin d'une jeune femme n'ayant pas encore beaucoup d'expérience de la vie, pour qu'il puisse la façonner à son aise. Une veuve par contre aurait le souvenir d'un époux Luke n'avait aucune envie que sa future femme puisse le comparer à un mort.

Il reprit la première lettre qu'il avait mise de côté. Il s'agissait d'une jeune personne qui disait être orpheline, qui voulait s'arracher du joug de son tuteur. Elle semblait avoir de l'éducation, mais ce qui le gênait c'était l'âge. Certainement qu'elle nc devait pas encore avoir vingt et un an, et pas prête de les avoir puisqu'elle tenait à tout prix à fuir son tuteur, à moins qu'il y ait autre chose derrière tout ça, c'est pourquoi Luke l'avait mise de côté, car il était curieux de voir de quoi il retournait dans cette histoire.

La deuxième lettre émanait d'une jeune personne, gouvernante de son état, qui avait envie d'élever ses propres enfants au lieu ceux des autres. Luke s'était dit qu'une gouvernante devait avoir un certain degré d'instruction, et être habituée à obéir, ce qui était son plus grand avantage. Par contre il se demandait si elle était présentable, les gouvernantes en général ne faisaient pas long feu si elles étaient un peu trop jolies. Là aussi la curiosité avait été la plus forte. A quoi fallait-il s'attendre. Et puis la troisième lettre. Il s'agissait d'une jeune femme se retrouvant démunie après la mort de ses parents, et qui avait du mal à s'en sortir car elle avait la charge de ses frères et sœur. Luke avait hésité à prendre cette lettre en considération, car il se demandait vraiment si les enfants à charge étaient de sa fratrie. D'autre part, il n'avait pas tellement de choix, et puis il avait aimé l'écriture de la jeune femme. Luke prit son stylo plume, et le décapsula, puis se pencha sur une feuille et commença à écrire.

James entra dans son club. Il regarda autour de lui. Des fauteuils étaient éparpillés autours de tables basses, où des hommes se prélassaient en lisant le journal ou en discutant entre eux. L'atmosphère était paisible, il n'y avait pas encore beaucoup de monde à cette heure. Il repéra assez vite Luke assis près de la fenêtre, qui regardait la pluie couler sur les vitres, malgré l'obscurité qui régnait déjà dehors. Il était tellement plongé dans ses pensées, qu'il ne remarqua pas l'arrivée de son ami.

- Alors vieux frère comment vont tes petites affaires ?
Luke tourna la tête vers James qui le regardait d'un air amusé

- Bonsoir James, ravi de te voir, répondit-il

- Allons foin de politesse, je meurs d'envie de savoir comment ça se passe avec ton annonce.

Luke regarda son ami, le visage impassible. Il sortit un cigare de sa poche, et l'alluma posément, alors que James se laissa choir en face de lui dans un fauteuil en cuir moelleux.
Luke souffla un nuage de fumée, puis regarda son ami qui l'observait, un sourire en coin.

- Eh bien j'ai retenu trois candidates, et je leur aie donné rendez-vous dans le restaurant du Savoy

- Ah ! Oui reprit James avec un rien d'ironie dans la voix, et comme signe de reconnaissance tu leur as dit que tu seras le monsieur qui porte un bouton de rose dans la boutonnière
Luke secoua son cigare au-dessus du cendrier, tandis que James appela un garçon pour se faire amener un verre de Porto.

- Tu n'y es pas du tout, je me suis contenté de réserver une table à mon nom trois jours de suite, et de dire au serveur de m'envoyer les jeunes dames à ma table.

- Ah ! Bon, et qu'en est-il sorti ?

Luke soupira, et écrasa son cigare, avant de prendre le verre de cognac posé sur un guéridon à côté de son siège, et d'avaler une gorgée.

La première jeune fille, est une petite sotte, qui s'imagine que le monde va suivre ses caprices. Son tuteur lui a enlevé

une grande partie de sa rente, car elle dépensait sans compter.
- Et elle te l'a avoué ? Demanda James, étonné

- Non, bien sûr, mais elle m'a raconté que son tuteur était un ignoble grigou et voleur à la fois qui voulais la dépouiller de sa fortune.

- Ah ! Vraiment

- Elle a fait sur moi l'impression d'être une grande capricieuse. Bien sûr je voulais quand même avoir le cœur net, et j'ai pris des renseignements. Son tuteur n'est nullement l'horrible bonhomme qu'elle m'a décrit, mais sans conteste, il aurait été heureux que j'épouse la donzelle, ainsi je l'aurais déchargé d'une grosse corvée.
James se mit à rire. Puis reprit :

- Et la deuxième ?

Luke regarda au fond de son verre comme s'il cherchait quelque chose, avant de le vider d'un coup.

- Là, c'était complètement différent. La dame allait sur ses trente ans, elle présentait plutôt bien, pas très belle, mais pas laide non plus. Elle avait été gouvernante, et possédais une certaine culture.

- Eh bien, tu as découvert la perle rare ?

Luke soupira.

- Non, parce que vois-tu cette demoiselle, a tellement dû être autoritaire avec ses élèves, que j'ai eu l'impression que c'était devenu chez elle une seconde nature. J'avoue que j'ai eu peur que dès qu'elle aurait la bague au doigt, qu'elle essaye de me faire marcher à la baguette

Cette fois ci, James rit encore plus fort. Certains gentlemans se tournèrent vers lui d'un air désapprobateur, tandis que Luke se versa un autre verre.

- Tu vois ce qui arrive en cherchant une femme comme ça ? J'aurai pu te dire que ça allait tourner mal ce genre de chose. Tu devrais plutôt accepter des invitations pour la prochaine saison.

- Je t'ai déjà dit que je n'avais pas envie de convoler avec une débutante James. J'ai besoin d'une femme de caractère, mais qui se laisse guider par moi, pas d'une capricieuse ni d'une femme qui voudrait me dominer.

- Alors que comptes-tu faire puisque ça n'a pas marché ?

- Mais mon cher James, n'oublie pas qu'il reste une candidate, j'ai rendez-vous demain avec elle.

- Jamais deux sans trois, reprit James en remerciant d'un signe de tête le serveur qui lui apporta sa boisson.

- Espérons que cette fois-ci scra la bonne.

- Et de qui s'agit-il cette fois ci ?

- D'une jeune femme démunie, qui après la mort de ses parents se retrouve seule à la tête de la famille, avec à sa charge deux frères et une sœur.

- Oh là, la ! Je sens qu'il va y avoir des problèmes.
Luke soupira, lui-même n'était plus aussi sûr d'avoir eu raison, mais quand le vin est tiré il faut le boire.

- Peut-être que cette fois ci, le destin va se montrer clément avec moi

- Tu peux toujours rêver, mais cette fois ci, je viens avec toi, je suis curieux de voir à quoi va ressembler la troisième candidate.

****

La salle du restaurant était bondée. Elizabeth avait le cœur qui battait à cent à l'heure. Ses mains étaient moites, et elle aurait donné son dernier sou pour un miroir, afin de s'assurer que son chignon était toujours bien en place. Elle était pleine d'appréhension, et plusieurs fois elle avait voulu faire demi-tour. Non vraiment ce n'était pas une bonne idée, d'aller se chercher un mari. De plus peut-être qu'il était affreux et vieux.

Mais lorsqu'il y a deux heures, lors de son dernier entretient pour un travail, n'avait à nouveau rien donné, elle avait dû bien s'avouer qu'il ne lui restait pas d'autre choix que d'aller retrouver cet homme.

« Allons un peu de courage » se dit-elle en relevant le menton, puis en s'avançant vers l'entrée du restaurant. Un homme habillé en serveur se tenait derrière une table, ou était posé un livre. Chaque personne qui entrait était obligée de donner son nom et il vérifiait la réservation.

Elizabeth eu l'impression que c'était quelqu'un d'autre qui avait prononcé son nom, tellement elle était nerveuse. L'homme se tourna vers un autre serveur, et lui fit un signe. Celui-ci s'empressa de venir.
- Veuillez accompagner Miss Coleman, à la table de sir Farnsworth.
Le serveur inclina sa tête vers elle, et elle le suivit à travers le restaurant, en passant à côté des tables ou des clients mangeaient déjà. Elizabeth avait l'impression de suffoquer, ses jambes étaient en coton, en plus elle avait une envie folle de s'enfuir là, tout de suite. Elle réprima un fou rire nerveux, lorsqu'elle arriva au fond de la salle, à une table un peu à l'écart. Elle vit un homme qui se leva à leur approche, et tandis que le garçon lui tint la chaise pour qu'elle s'asseye, elle regarda son vis-à-vis.

- Enchanté de faire votre connaissance, Miss Coleman, il prit sa main et la serra un peu avant de prendre place à son tour. Le serveur leurs donna des menus avant de disparaître. En tremblant Elizabeth ouvrit le sien. Elle ne savait pas quoi dire, et son « bonjour monsieur » qu'elle avait réussi à sortir, lui semblait comme étranglé.

Luke sentait bien combien elle était nerveuse, et il en fut un peu attendri. Il lui dit sur un ton badin :

- Je vous jure que je n'ai pas l'intention de vous mettre dans mon menu du jour.

Elizabeth leva les yeux, et se plongea dans un regard bleu. Bigre il était séduisant, se dit-elle, mais pourquoi alors cherchait-il une femme par petite annonce ? Elle s'humecta les lèvres, avant de répondre :

- Je n'ai pas l'habitude d'aller déjeuner avec des inconnus.
Luke lui sourit, puis il se pencha un peu vers elle.

- Nous ne sommes plus vraiment des étrangers l'un pour
l'autre puisque nous savons qui nous sommes
- Ah ! Oui ? Demanda Elizabeth d'un ton incertain, je n'ai
pas l'impression de savoir qui vous êtes.

Luke posa ses mains de chaque côté de ses couverts. Elle
remarqua qu'il ne portait aucune bague, même pas une
chevalière aux armes de son université.

- Alors posez-moi des questions, lui rétorqua-t-il.

Elizabeth leva les yeux, et demanda :

Etes-vous allé à l'université ?

Luke fut un peu surpris par cette question, mais avant de
pouvoir y répondre, le garçon revint pour prendre leur
commande.

Chapitre quatre :

De la discussion jaillit la lumière
(Proverbe français)

Une fois la commande passée, Luke se borna à répondre que oui il avait été à l'université d'Oxford, mais il ne précisa point qu'il n'y avait passé qu'un seul trimestre. Après cela ils parlèrent de la pluie et du beau temps, jusqu'à ce que leur commande arrive. Dès que le serveur eut disparu, Luke se pencha à nouveau vers Elizabeth pour lui dire :

- A présent que plus personne ne va venir nous déranger, j'aimerai bien savoir, quel malheur a fait que vous vous retrouviez dans de telles extrémités.

Elizabeth soupira, et regarda son escalope de veau. Puis elle prit le couteau et la fourchette, et répondit :

- Mon père dirigeait une petite fonderie dans les environs de Birmingham. Les affaires marchaient bien, et nous étions plutôt à l'aise.

Elizabeth prit une bouchée de viande, elle était tellement tendre qu'elle fondait presque sur la langue. La jeune fille eut envie de fermer les yeux pour savourer le goût. Cela faisait tellement longtemps qu'elle n'avait plus mangé ce genre de plat, beaucoup trop cher pour leur budget. Elle n'avait vraiment pas trop envie de raconter sa vie, mais à présent qu'elle avait vu l'homme, elle avait moins peur, et la perspective d'être mariée avec lui ne l'effrayait plus autant. Donc entre deux bouchées, elle se raconta :

- Pendant la guerre la plupart des ouvriers furent mobilisés et père ne trouva personne pour les remplacer. Les autres usines faisaient travailler des femmes, mais malheureusement ce travail est trop dur pour une femme. Alors l'affaire périclita. Mais père ne perdit pas courage, il se dit qu'il fallait coûte que coûte tenir jusqu'au retour de ses ouvriers.
Seulement très peu revinrent, certains étaient morts, d'autres grièvement blessé et inapte à refaire ce travail. Papa s'est battu longtemps pour sauver son entreprise, et puis miné par les soucis, il eut une crise cardiaque, et mourut.
Elizabeth posa ses couverts, puis prit le verre où Luke avait versé un vin couleur rubis, pour en boire une gorgée.
Luke la regarda faire. Décidément, elle lui plaisait de plus en plus. Elle était jolie, ni trop jeune ni trop vieille, et elle avait un besoin urgent d'argent, il le voyait à sa façon de manger, mais aussi à ses vêtements un peu démodés, et sa coiffure. Autour d'eux toutes les femmes portaient des cheveux coupés court, à part elle. Mais ils étaient d'une chaude couleur entre la châtaigne et le marron, et il trouvait que cela lui allait bien. Il s'imaginait déjà les caressant, et noyant son visage en eux.

- Et votre mère ?

Elizabeth soupira, et reposa son verre. Lorsqu'elle pensait à sa mère, une énorme boule obstruait souvent sa gorge. Comme les souvenirs avaient été difficiles.

- Elle est morte de la grippe espagnole en 1919 alors qu'on croyait que l'épidémie était éradiquée

- C'est vrai que la grippe a fait énormément de ravage, répondit Luke, il parait même que plus de gens en sont mort en Europe qu'à la guerre.

Elizabeth ne dit rien, elle regardait les fleurs dans le vase à côté de la fenêtre, elle essayait à tout prix de se ressaisir. Puis elle leva les yeux et reprit :

- Nous vivions dans un petit cottage à l'écart de la ville, après la mort de père, il ne nous resta plus que cet endroit. La grippe arriva sans prévenir, et ma mère se fit un devoir d'aller aider à soigner les gens, elle s'engagea à l'hôpital. Elle avait été infirmière avant de se marier. Pendant cette époque, elle nous interdit de sortir, voulant nous mettre à l'abri afin que nous n'attrapions pas le virus. Elle-même ne revenait que rarement à la maison, prenant des précautions de toute sorte, afin de ne pas nous amener à attraper cette maladie. Lorsqu'elle tomba malade, elle ne voulut pas nous en informer, de peur que toute la famille se précipite à l'hôpital et attrape la maladie.
Elizabeth serra les lèvres. Elle sentait des larmes sourdre sous ses paupières.
Luke la regarda se battre contre ses émotions, il la trouva merveilleuse, à cet instant précis, il sut qu'elle était la candidate idéale, qu'elle fera une épouse dévouée, et une mère aimante.

- Pourtant je finis par apprendre qu'elle était au plus mal, car une voisine qui avait échappé à ce fléau, est venue nous prévenir que maman était malade au moment où elle-même avait pu quitter l'hôpital. Je me suis hâté là-bas, juste le temps qu'elle meure dans mes bras. Elle m'a dit en me voyant que je n'aurai pas dû venir, mais j'ai senti qu'elle était apaisée de mourir près de moi. Elle m'a dit qu'elle était heureuse de rejoindre papa, mais qu'elle regrettait de devoir nous laisser. Je lui aie promis de m'occuper du reste de la famille.

- N'est-ce pas une promesse difficile à tenir pour une jeune personne comme vous ?

Elizabeth le regarda, ses yeux étaient remplis de colère, elle avait envie de lui crier « non ce n'est pas trop dur » Mais elle ne le pouvait pas. Après tout, même si elle ne voulait à aucun prix l'avouer, il avait raison.

- Je ferai tout ce qu'il faut pour que ma famille ne manque de rien. Se contenta-t-elle de dire.

Luke hocha la tête. Cette demoiselle était courageuse. Puis il se pencha un peu vers elle et lui dit :

- Alors épousez-moi !

Elizabeth ne s'était pas attendue à cette demande. Certes elle était venue pour une annonce matrimoniale, mais elle ne pensait pas que cela irait aussi vite. Elle avait cru, qu'il y aurait différentes rencontres, le temps qu'on arrive à faire connaissance, qu'on s'adapte l'un à l'autre, et surtout, elle avait pensé qu'avant de prendre une décision, sa famille aurait fait la connaissance de Luke. Jamais elle ne pourra accepter une telle demande sans savoir ce que les siens en penseraient. En plus elle n'avait aucune idée de ce qu'il adviendrait d'eux si elle acceptait. Bien sur les problèmes d'argents seraient réglées, mais d'autres plus graves pourraient en résulter.

- Je... Euh !!! Bégaya-t-elle. Elle ne sut pas vraiment quoi dire. D'une part elle ne pouvait dire « oui » comme ça là tout de suite, et d'autre part, elle n'avait pas envie de dire non. Il fallait gagner du temps.

Luke sourit, et elle fut éblouie par ce sourire, qui illuminait son visage

- Je suis sûr que nous trouverons un terrain d'entente.

- Ecoutez ça va trop vite pour moi, reprit Elizabeth, je ne vous connais pas.

- Que voulez-vous savoir ? Demanda Luke un sourire en coin.

- Qui vous êtes, ce que vous faites, et surtout quelle idée vous vous faites d'un mariage avec moi. Et notamment quelles sont vos intentions en ce qui concerne ma famille.

Luke hocha la tête, puis se caressa le menton comme s'il réfléchissait à toutes ces questions.

- Il n'y pas grand-chose à dire sur moi. D'abord, je suis le second fils d'un petit baron de Devon. Après m'être querellé avec mon père, j'ai décidé de m'en sortir tout seul. J'ai fait plein de petits boulots, j'ai vécu à la dure. Et puis à ma majorité j'ai touché un petit pécule de l'héritage de mon grand-père, et je l'ai investi dans l'aéronautique. Ensuite la guerre est arrivée, et je me suis retrouvé instructeur.

- Instructeur de quoi ? Demanda Elizabeth curieuse

- Mais de pilotage d'aéroplane bien sûr.

- Vous savez voler ?

Luke sentit un petit chatouillis au niveau de son estomac, en lisant dans les voix de la jeune fille de l'admiration.

- J'ai investi beaucoup d'argent là-dedans, alors forcément je voulais savoir comment ça marche. Je l'ai appris pendant plusieurs années, avant que la guerre ne commence. Bien sur les débuts ont été durs. J'ai bien cru souvent que j'allais y laisser mes dernières plumes, mais la guerre m'a rendu riche. Et me voilà avec beaucoup d'argent, et sans famille.

- Votre père ne vit plus ?

- Non ! répondit laconiquement Luke, et Elizabeth n'osa pas demander plus avant. Alors qu'il devait certainement avoir un frère, puisqu'il était le deuxième fils.

Le silence se fit, alors que le garçon était revenu pour chercher les assiettes, et ramener le café.

- Pour en revenir à la famille reprit Luke dès que le serveur eut disparu, j'attends de vous que vous receviez mes amis, que vous vous occupez de gérer mon hôtel particulier à Londres, ainsi que mon manoir dans le Devon.

- Vous possédez un manoir ? ! S'écria Elizabeth avant de mettre la main devant sa bouche pensant avoir été un peu malpolie d'élever ainsi la voix en public.

- Oui répondit Luke en souriant, il est un peu spécial, c'est un petit château fort, il a été construit du temps de Guillaume le Conquérant.

- Oh ! Dit Elizabeth en écarquillant les yeux. Mais n'est-ce pas un peu inconfortable de vivre là-dedans.

- Pas du tout, car je l'ai fait aménager avec tout le confort moderne, sans pour autant enlever son cachet.

Elizabeth fit tourner sa cuillère dans la tasse. Elle réfléchissait à tous ce que Luke venait de lui dire, vivre dans un château, ne plus avoir à penser au lendemain, lutter pour s'en sortir, c'était très tentant.

- Et qu'arrivera-t-il à ma famille, si on se mariait ?

- Elle viendra vivre avec nous bien sûr. Mais vous ne m'avez pas dit quels âges ont vos frères et sœur ?

- Daniel vient d'avoir dix-huit ans, il aurait dû entrer à l'université cette année, à la place de quoi, il est garçon de course dans une étude d'avoué, où il ne gagne presque rien. Margaret a seize ans et envisage d'entrer en apprentissage chez une modiste. Elizabeth soupira et laissa tomber sa cuillère sur sa soucoupe. J'avais espéré qu'elle puisse faire son entrée dans le monde l'an prochain. La jeune fille prit une gorgée de café, et puis rencontra le regard de Luke. Le silence se fit pendant un instant, puis elle reprit :

- Hubert a eu dix ans, il va à l'école publique, et je me fais
du souci pour lui, parce qu'il n'arrête pas de se bagarrer avec
ses camarades. Elizabeth soupira, avant de reprendre, dire
s'il aurait pu aller à Eton l'année prochaine.

- Epousez-moi ! demanda à nouveau Luke, et votre famille
sera à l'abri, Daniel fera des études, Margaret aura sa saison,
et Hubert entrera à Eton.

- Et que ferons-nous de tante Irène ?

Chapitre cinq :

James était assis non loin de la table de Luke, rien n'aurait pu l'empêcher de venir, pour voir quel genre de femme avait rendez-vous avec son ami.

Lorsqu'elle était entrée, il avait été un peu étonné, il ne s'attendait pas que ce genre de fille réponde à une annonce. Inconsciemment peut-être, il avait pensé que les femmes cherchant des maris de cette façon, soient plus ou moins laides. Or cette jeune personne était assez jolie. Pas vraiment belle, mais elle avait du chien.

James avait pu lire sur son visage, tous les sentiments qu'elle ressentait à mesure que le repas avançait. « Eh bien, mon vieux Luke, voilà une petite qui ne pourra pas te mentir » S'était-il dit. D'après l'attitude de son ami, il était sûr que cette jeune fille allait lui convenir, même s'il ne savait pas vraiment de quoi ils parlaient tous les deux.

A présent le repas était terminé, et Luke accompagna la jeune femme vers la sortie. En passant près de sa table, il ne put s'empêcher de faire un clin d'œil à son ami, mais ce dernier resta imperturbable. James prit le journal qu'il avait posé sur la chaise à côté de lui. Il commença à le lire, tout en gardant un œil sur l'entrée du restaurant.

Dehors, Luke appela un taxi, malgré les dénégations d'Elizabeth. Il donna l'argent au chauffeur, puis il se tourna vers la jeune femme, et lui dit :

- Demain je viendrai vous voir à l'heure du thé, et vous me présenterez votre famille.

- Pourtant …. Avait essayé de dire la jeune femme, mais il avait mis un doigt sur sa bouche et reprit :

- chut, tout va bien se passer, vous verrez, faites-moi confiance.

Elle était montée dans l'automobile, et avait regardé disparaître au loin cet homme à mesure que le taxi s'éloignait.

Luke resta immobile sur le trottoir pendant un moment, puis il rentra à nouveau au Savoy. Il se dirigea droit vers la table de James, celui-ci abaissa le journal lorsque son ami s'assit en face de lui.

- Je crois que tu peux préparer les papiers, j'ai trouvé ma future épouse.

James plia posément son journal, tout en disant :

- Est tu vraiment sur de ne pas faire une grosse erreur ?

- Tout à fait cher ami, je crois que cette jeune fille est exactement ce que je cherchais.

- Bon nous verrons bien à quoi nous en tenir, une fois que tu aurais fait connaissance avec sa famille. Quand dois-tu la revoir ?

- Demain pour le thé, et ce moment-là, nous parlerons de notre mariage.

James souleva un sourcil, et regarda son ami d'un air incrédule.

- Quoi ! Tu as déjà décidé que tu vas l'épouser ? Mais ne trouve-tu pas que tu vas un peu vite en besogne ? Après tout tu ne sais pas grand-chose d'elle, il pourrait s'agir d'une chasseuse de fortune.

- Voyons James, tu me connais, tu sais que j'ai un flair pour repérer les escrocs à des kilomètres.

- Mais ici il s'agit, d'une fort jolie personne, et qui sait, si ton flair ne te laisse pas en plan parce que tu es ébloui.

- C'est décidé James, tu ne pourras pas me faire changer d'avis, je vais épouser cette demoiselle aussi vite que possible, afin d'être sûr qu'elle ne puisse plus changer d'avis, et ceci avant la fin de la semaine prochaine si possible.

James émit un sifflement

- Vraiment ta hâte me parait pour le moins…. Indécente.

****

Lorsqu'Elizabeth entra dans le petit appartement, elle ne trouva que tante Irène. Cette dernière l'attendait tout en ravaudant des chaussettes Elizabeth ôta ses gants, sa tante remarqua qu'elle avait dans le regard, une petite touche d'excitation. Elle resta néanmoins silencieuse, avec les années, elle avait réussi à brider son impatience.

- Où est Margaret ? Demanda Elizabeth en enlevant son manteau.

Irène leva la tête, et nota que sa nièce avait les joues rouges. Était-ce parce que dehors il faisant encore très froid, ou étais-ce à cause de l'homme qu'elle venait de rencontrer.

- Elle est partie aider à faire des bouquets dans la boutique du fleuriste. Il parait qu'ils vont avoir plusieurs mariages, et avaient besoin de petites mains. Margaret a sauté sur l'occasion pour gagner un peu d'argent.

Elizabeth, se laissa choir sur la chaise en face de sa tante.

- Oh ! Tante Irène, si tu savais.

Irène regarda sa nièce, puis demanda :

- Veux-tu que je fasse un peu de thé ?

- En avons-nous encore assez ?

- Oui, de toute façon, je l'utilise plusieurs fois, et cela devrait suffire jusqu'à la fin de la semaine.

Tandis qu'Irène s'affaira, Elizabeth se mordilla la lèvre, avant de reprendre :

- Figure-toi, que l'homme qui cherche une femme, est vraiment très séduisant.

- Oh ! C'est mauvais signe, répondit Irène.

- Pourquoi dit tu ça ? A moi il m'a fait la meilleure impression.

Irène posa une tasse et une soucoupe sur la table devant sa nièce.

- Pourquoi un homme, jeune séduisant, et riche par-dessus le marché, aurait-il besoin de trouver une femme par petite annonce ? Non tu ne m'ôteras pas de la tête que ce serait trop beau pour être vrai. Peut-être est-ce un pervers, ou alors….

- Tante Irène, voyons, tu ne trouves pas que tu exagères ? En plus c'est toi qui as eu l'idée que j'aille me présenter au Savoy.

Irène soupira. Oui elle avait cru en voyant cette annonce, que c'était la réponse à toutes ses prières. Mais depuis, elle avait réfléchi, et elle était arrivée à la conclusion, qu'un homme honnête, surtout par les temps qui courent, n'avait nullement besoin de recourir à une telle extrémité pour trouver une épouse.

- Peut-être me suis-je trompée. Puis elle soupira en versant l'eau chaude dans la théière.

- Non tante Irène, tu as eu raison de me pousser à aller à ce rendez-vous. L'homme en question m'a fait vraiment bonne impression. Il est prêt à prendre en charge mes frères et sœur.

- Ah ! Vraiment ne put s'empêcher de dire Irène.

- Oui, et même toi tu peux rester auprès de moi. Je lui en aie parlé.

Irène versa le thé dans les tasses, avant de reprendre :

- Tu sais bien Elizabeth, que si toi et les enfants étaient à l'abri, je pourrais m'en sortir toute seule. Il me reste un petit pécule, et si je devais vivre toute seule il me suffirait bien. Elizabeth, regarda sa tasse, le thé semblait bien clair.

- Il n'en est pas question, tu resteras avec nous. Daniel ira à Oxford, ou peut-être Cambridge, je ne sais pas encore, Hubert ira à Eton, et Margaret fera l'année prochaine son entrée dans le monde.

Irène prit une gorgée de thé, avant de reposer sa tasse.

- J'ai peur que tu ne te fasses des illusions. Comment peu tu être certaine qu'un étranger dont tu viens à peine de faire connaissance aura à cœur de s'occuper de ta famille. Il faudrait réfléchir, et ne rien précipiter.

Elizabeth se mordilla les lèvres, avant de dire :

- C'est qu'il m'a déjà demandé ma main.

Irène posa assez brusquement sa tasse sur la soucoupe, faisant tomber des gouttes de thé, et manquant briser l'anse de la tasse.
- Seigneur ! Tu plaisantes !

Elizabeth observa toujours son breuvage, se disant qu'on sentait que les feuilles avaient déjà été utilisée

- Non, et je pense que lui non plus ne plaisantait pas. Il a l'intention de m'épouser dans les prochains temps. Je lui aie fait remarquer que tout ça allait un peu trop vite, et qu'en aucun cas je ne pourrais agréer la demande d'un homme sans savoir si ma famille approuvait, et il m'a rétorqué qu'il passera demain.

- Demain ! Mais tu ne peux pas l'accueillir ici ? Que va-t-il penser ?

Elizabeth se mit à rire

- Que croit tu qu'il pourrait penser ? Il sait très bien de toute façon, que nous sommes dans une situation précaire, donc cet appartement ne le surprendra en aucun cas.

Tante Irène fronça les sourcils, et se versa une seconde tasse, alors qu'Elizabeth vida la première.

- Je ne suis pas sûre que ce soit une bonne idée qu'il vienne nous retrouver ici. J'aurai préféré quant à moi qu'on se rencontre sur un terrain neutre.

- Ah ! Oui, et où s'il te plaît ?

- Par exemple dans un jardin public

Elizabeth se mit à rire

- J'imagine le tableau, des promeneurs dans tous les coins, des enfants qui poursuivent des balles et des cerceaux, des bonnes d'enfants, et au milieu de tout ça, toute la famille réunis sur un banc.

- Tu peux bien rire, n'empêche qu'il va falloir qu'on investisse pour acheter du meilleur thé, nous ne pouvons pas lui présenter celui-là, qui est de qualité très modeste, et qu'en plus j'ai déjà utilisé deux fois.

Elizabeth secoua la tête. Décidément sa tante était bizarre, d'un côté elle se méfiait de ce visiteur, et de l'autre, elle tenait à ce qu'il fût servi comme un prince.

- Ecoute, il me reste quelques pennies dans mon porte-monnaie, tu n'as qu'à les utiliser pour acheter du thé de meilleure qualité. Mais surtout ne me ramène pas de concombres, les derniers je les aie trouvés un peu amer.

****

Elisabeth sortit une nappe, de l'armoire. Une nappe que sa mère avait brodée pour sa dot, lorsqu'elle était jeune fille. Elle l'utilisait très rarement, à quoi bon se mettre en frais, dans cet appartement miteux. Mais aujourd'hui était un grand jour, il fallait donner à cette pièce un peu d'éclat, pour recevoir Luke Farnsworth. Margaret sortait les tasses et les soucoupes des grands jours.

- Dit, il ressemble à quoi ?

- Qui ? demanda Elizabeth qui était plongé dans ses pensées

- Mais ton fiancé bien sur répondit Margaret avec un sourire en coin.

- Ce n'est pas mon fiancé, je n'ai pas encore dit oui que je sache.

- Mais tu vas le faire n'est-ce pas ?

Elizabeth eu un petit soupir. Elle lissa la nappe, et regarda sans les voir, les belles roses trémières qui l'ornaient.

- Peut-être, se borna-elle de répondre.

- Alors à quoi il ressemble.

- Il est grand, il a des cheveux châtain clair, et des yeux bleus. Il est très séduisant, je l'avoue. Je dirai même, que lorsque je l'aie vu j'ai été étonnée qu'il doive se trouver une femme par petite annonce.

- Peut-être que tante Irène à raison, et qu'il y a là quelque chose de louche.

- Voyons tu ne vas pas commencer aussi.

La porte s'ouvrit, et Daniel entra. Il se dirigea vers le fauteuil au coin de la fenêtre, et s'y laissa choir.

- Oh là, la, quelle journée.

Elizabeth se tourna vers lui, et demanda :

- Tu as eu des problèmes ?

- Ne m'en parles pas, toute la journée on m'a fait courir de droite à gauche, et tout le monde avait quelque chose à me reprocher. Je suis bien content que le week-end commence. A ce moment-là, la porte s'ouvrit à nouveau, et Irène entra. Elle semblait échevelée, et à bout de souffle.

- Ah ! Mon Dieu quelle foule dans le métro, j'ai cru que j'allais étouffer. Elle se dirigea vers la petite kitchenette, et s'empressa de préparer le thé.

- Où est Hubert ? Demanda Elizabeth ?

- Il est chez les voisins, il s'est fait un ami avec le petit Tommy

- je n'aime pas ça, reprit Elizabeth, ce Tommy est un bagarreur, et ça ne m'étonnera pas qu'il est à l'origine de tous les différents qu'a eus Hubert ces derniers temps avec ses camarades de classes

- Ne t'en fait pas trop lui dit Daniel, les garçons ont besoin de se défouler, j'en sais quelque chose.

- Tu es un garçon rétorqua Elizabeth, mais que je sache, tu ne te bats pas à tort et à travers.

- C'est que je n'ai plus dix ans, répondit Daniel en riant.

A ce moment-là, on frappa à la porte. Chacun se figea, l'espace d'un instant. Le cœur d'Elizabeth se mit à battre à coups redoublés, et elle se prépara à aller ouvrir la porte, mais Margaret qui était plus prêt, ouvrit le battant.
Luke se tenait là dans le couloir sombre, il semblait tellement incongru dans ce décor, et Margaret ne put s'empêcher de laisser échapper un « oh ! » d'admiration. Un sourire illuminait son visage. La jeune fille s'effaça pour le laisser entrer, et à ce moment-là une autre porte s'ouvrit sur le palier, il y eu une cavalcade, et Hubert essoufflé faillit bousculer le visiteur.

- Holà ! Jeune homme ! S'exclama Luke

Ce dernier leva les yeux, regarda l'inconnu, puis demanda

- C'est vous le riche fiancé de ma sœur ???

- Holà ! Jeune homme ! S'exclama Luke

Chapitre six :

Fais ce que tu dois,
Advienne ce que pourra
(Proverbe français)

Elizabeth s'était approchée de la porte. Elle se sentait un peu gênée par l'accueil que Luke avait reçu de la part de son frère et de sa sœur. Elle dit simplement :

- Entrez monsieur Farnsworth.

Luke s'avança et Elizabeth s'aperçut alors qu'il tenait à la main droite une petite boite en carton, et dans la main gauche un bouquet de rose. Elle pensa l'espace d'un éclair que cela avait dû lui coûter cher, surtout des roses en cette saison. Il posa le tout sur un guéridon, et prit la main de la jeune fille pour la saluer.

- Bonjour Miss Coleman

- Puis je vous présenter, à mon frère Daniel ?

Ce dernier s'était levé, et il salua Luke avec beaucoup de déférence. Visiblement il était impressionné par l'allure du jeune homme. Tante Irène posa la théière sur la table, et Elizabeth la présenta à son tour, ainsi que les autres membres de la famille.
Après avoir salué tout le monde, Luke reprit le bouquet, et le tendit à la jeune fille en disant :

- Permettez-moi de vous offrir ces quelques fleurs.

Elizabeth, les prît, et sentis leur odeur. Cela faisait tellement longtemps que personne ne lui avait offert des fleurs.

- Merci beaucoup, vous n'auriez pas du. Mais asseyez-vous, je vous en prie.

Luke prit place sur le siège que lui désignait la jeune fille et reprit

- J'ai pensé ramener quelques douceurs pour le thé. Ceci dit, il désigna la boite en carton.

Margaret ne put s'empêcher de l'ouvrir, et s'exclama de ravissement en voyant les bonnes choses qui apparurent lorsqu'elle souleva le couvercle.

- Oh ! Des muffins, et un cake à la cerise !!!!

Après qu'on eut mis les fleurs dans un vase, et les gâteaux sur des assiettes, chacun prit place, et le silence se fit. La famille Coleman ne savait pas vraiment quoi dire, et Luke les observait pour se faire une idée. Après ce petit flottement, Irène se tourna vers leur hôte, pour lui demander :

- Parlez-nous un peu de vous ?

Si Luke fut surpris par cette question directe, il n'en montra rien.

- Il n'y a pas grand-chose à dire, répondit-il, je suis un self-made-man, j'ai été tellement occupé à me construire une fortune, que je n'ai pas vu le temps passer. A présent j'aimerai avoir une famille à moi.

- Avez-vous eu beaucoup de lettres pour votre annonce ? Ne put s'empêcher de demander Margaret ?

- Meg !!! S'écria Elizabeth, qui trouvait que la question était impolie Mais Luke répondit en souriant :

- Une bonne centaine.

- Et vous en avez rencontré combien ?

Sous la table Elizabeth donna un coup de pied à sa sœur, qui resta imperturbable

Mais Irène fit diversion en demandant :

- Vous voulez encore un peu de thé ?

- Non merci, répondit Luke en souriant. Son charme semblait agir sur l'honorable dame

- Vous savez que Landru à lui aussi cherché ses fiancées par petites annonces, reprit Margaret, qui décidément voulait mettre à tout prix les pieds dans le plat.

Cette fois ci elle eux un coup de pied des deux côté Daniel s'y étant mis à son tour.

Mais Luke contrairement à ce qu'on aurait pu penser, ne se formalisa pas, et se mit à rire.

- Mais je ne ressemble pas du tout à Landru, vous ne trouvez pas jeune fille ?

Margaret lui sourit, elle aussi se sentait conquise par le beau fiancé de sa sœur.

- Non, d'ailleurs je n'ai pas compris ce qu'elles lui trouvaient, il était plutôt banal à part sa grande barbe. Mais j'ai l'impression que c'est la mode les barbes.

- Heureusement que nous ne sommes pas en France reprit Elizabeth en lançant un regard incendiaire à sa sœur.

Afin de relancer la conversation dans une autre direction, Irène demanda :

- Puis je vous demander ce que vous comptez faire ?

- A propos de quoi ? Demanda Luke l'air de rien.

Mais Irène ne se laissa pas intimider, et répondit :

- A propos du mariage. Vous n'êtes pas vraiment sérieux en voulant vous marier aussi vite n'est-ce pas ?

- Au contraire, je voudrais que la cérémonie ait lieu aussi vite que possible.

- Mais vous ne vous connaissez même pas, ne pourriez-vous pas d'abord faire connaissance avant de faire un pas aussi important ?

- Nous ferons connaissance après le mariage, là il nous restera assez de temps.

- Mais ….

Luke ne laissa pas finir Irène, il se tourna vers Elizabeth et dit :

- Qu'est-ce que vous en pensez ? Ne serait-il pas mieux que vos frères et sœurs vivent aussi rapidement que possible dans un lieu où ils auront assez de place, et qu'ils reprennent leurs études ?

Daniel leva son regard vers lui, avant de dire :

- Monsieur, je ne vous permets pas de mettre notre avenir en balance pour convaincre notre sœur. Si elle veut se marier avec vous, notre situation actuelle ne doit en aucun cas entrer en ligne de compte.

- Calme-toi Daniel, dit doucement Elizabeth

- Vous avez bien sûr raison, jeune homme, reprit Luke, mais il faut regarder les choses en face. Si d'ici la semaine prochaine le loyer n'est pas payé, vous serez à la rue.

Cinq paires d'yeux le regardèrent d'un air étonné, alors qu'Elizabeth ne put s'empêcher de demander

- Comment le savez-vous ?

Luke tourna distraitement la cuillère dans sa tasse, tout en regardant le liquide bouger.

- Un homme dans ma situation prend toujours des renseignements sur les gens avec qui il va faire des affaires.

- Donc si je comprends bien reprit Elizabeth d'une voix froide, je suis juste une affaire pour vous.

Luke leva les yeux et répondit d'un ton grave :

- Non, vous êtes infiniment plus, et c'est pourquoi j'avais encore davantage besoin d'en savoir autant que possible sur vos conditions.

- Vous auriez pu me demander ?

- Mais auriez-vous consenti à me dire la vérité sur la précarité de votre situation ?

Elizabeth baissa les yeux, et se mordit la lèvre inférieure. Il avait raison, pour rien au monde, elle n'aura parlé de l'état plus que lamentable où ils se trouvaient acculés.

- N'exagérons rien, dit Daniel qui voulait prendre la défense de sa sœur, je gagne un petit quelque chose, et tante Irène a sa petite rente, et d'ici à la semaine prochaine je suis sûr qu'on va trouver l'argent nécessaire.

Le silence se fit pendant un instant. Chacun pensait à l'échéance du loyer, qui comme chaque mois était une source d'inquiétudes.

- Mais n'est-ce pas angoissant de vivre au jour le jour, sans savoir ce qui pourrait se passer si jamais quelque chose de grave arrivait.

- Comme quoi ? Demanda Margaret curieuse

- Comme par exemple si l'un de vous tombait malade, où avait un accident. Avec quoi payerez-vous l'hôpital ?

Personne ne sut que dire, puis Irène répondit :

- J'ai encore quelques bijoux, que je garde en réserve pour le cas où une telle situation se présenterait.

- Mais si vous vendez dans l'urgence, vous ne tirerez pas la moitié du prix réels des bijoux.

- Et c'est pourquoi je dois vous épousez l'interrompit Elizabeth d'un ton un peu ironique.

- Oui, je vous offre au moins la garantie d'avoir un toit sur la tête, et de vivre décemment

- Ça va quand même trop vite pour moi, dit la jeune fille, n'oubliez pas que je mets dans la balance ma vie, et l'avenir de ma famille. Je ne vous connais pas, je ne sais pas si une fois que je serai devenue votre femme, vous n'ayez l'idée de ne plus vous en occuper, et de me rendre malheureuse aussi.

- Je puis vous garantir que je peux vous rendre très heureuse. Ce disant, il regarda intensément la jeune fille, qui baissa les yeux.

- J'aimerai assez savoir où nous allons vivre ? Demanda soudain Hubert, et si je pourrais avoir un chien.

Tous les regards se tournèrent vers le jeune garçon.

- Quoi ?!!! S'écria-t-il j'ai bien le droit de demander non ?
Luke se mit à rire, et répondit en lui ébouriffant les cheveux :

- Je te promets que tu pourrais avoir un chien, lorsque nous irons vivre à la campagne.

- Oh ! Chic, alors moi je suis d'accord, puis se tournant vers sa sœur aînée, il reprit tu devrais vraiment l'épouser. Cette dernière le regarda d'un air faussement sévère, avant de répondre :

- Tu n'as pas honte de mettre dans la balance notre avenir pour un chien

- Pourquoi ? Après tout, tu dis toujours que les gens qui aiment les animaux ne peuvent pas être mauvais.

Tout le monde se mit à rire, puis Luke se leva, et dit :

- Bon il faut je m'en aille, mais réfléchissez à ce que vous allez faire, et si vous acceptez de m'épouser, venez me voir à cette adresse.

Ce disant, Luke posa une carte de visite sur la table avant d'enfiler son manteau, puis après avoir salué tout le monde, il regarda encore sa presque fiancée, lui sourit avant de reprendre :

- Je vous attendrai impatiemment.

Puis il sortit.
Le silence se fit dans la pièce, personne ne savait quoi dire.
Irène prit la carte et lu à haute voix :

- Belgrave Road !!!

Daniel se mit à siffler, avant de s'exclamer :

- Eh bien dit donc il doit être riche, c'est un quartier plutôt chic.

Elizabeth se leva, et commença à débarrasser la table. En elle-même elle savait bien que demain elle allait se rendre à cette adresse et qu'elle accepterait d'épouser Luke.
Margaret se leva à son tour, et lui mit la main sur l'épaule en lui disant :

- Tu n'es pas obligée de l'épouser, on s'en sortira toujours d'une façon ou d'une autre

Elizabeth soupira

- Ce n'est pas l'idée de l'épouser qui me répugne, mais …

- Tu aurais voulu te marier par amour, dit tante Irène en finissant la phrase.

- Oui bien sûr, mais je ne pense pas que ce soit difficile de tomber amoureuse de lui, c'est juste que l'idée de l'épouser à cause de son argent me semble si…

Irène secoua la tête, puis reprit

- Il ne faut pas donner une telle connotation à ce mariage. Après tout, la plupart des gens de notre monde se marient pour un titre pour l'argent ou des terres.

- Oui mais j'ai l'impression d'être aussi sournoise que Christopher l'a été avec moi

- Mais ce n'est pas la même chose ! S'exclama Margaret

- Non ma chérie continua Irène, ce n'est pas du tout la même chose, car Christopher t'a fait croire que tu comptais pour lui, et en fin de compte, il ne pensait qu'à ta dot. Tandis que Luke sait à quoi s'en tenir, donc tu ne peux en aucun cas te comparer à ce….

Là Irène ne sut pas quel était l'adjectif adéquat pour nommer le jeune homme

- Rat ! Dit Margaret qui elle disait toujours ce qu'elle pensait

Elizabeth se mit à rire. Cela lui réchauffait le cœur de savoir que sa famille était toujours derrière elle

- Enfin on verra bien demain.

Chapitre sept :

Il faut faire ce qu'il faut faire
(Proverbe alsacien)

Elizabeth sortit du métro. Elle avait encore un chemin important à faire avant de pouvoir sonner à la porte de Luke. C'était un quartier qu'elle n'avait encore jamais visité, et les façades des hôtels particuliers qui bordaient la rue, avaient tendances à l'intimider un peu. Tout ici respirait l'aisance, à commencer par les nombreux lampadaires qui semblaient beaucoup plus abondants que dans le faubourg où elle logeait. Il n'y avait pas de commerces, mais le quartier était bordé de parcs. Les voitures aussi semblaient un peu plus nombreuses, et surtout plus luxueuse qu'ailleurs dans la ville.

Elizabeth se mit à regarder les numéros de chaque Hôtel particulier.

À mesure qu'elle avançait vers son but son courage semblait l'abandonner.

Enfin elle se retrouva devant la porte de l'imposante demeure de Luke. Sans s'en rendre compte, elle froissa la carte de visite, sa nervosité avait atteint son point culminant. « Est-ce que cette maison sera mon foyer ? » Se demanda-t-elle, avant de frapper le battant en bois avec l'anneau d'or tenu par un lion avec une crinière abondante. Elle entendit le son résonna à l'intérieur, son cœur se mit à battre. Ses jambes étaient en cotons, lorsqu'elle entendit des pas de l'autre côté et que la porte s'ouvrit sur un maître d'hôtel qui la regardait d'un air impassible

- Que puis-je faire pour vous ? Demanda le domestique stylé

La bouche d'Elizabeth, lui semblait asséchée, et elle eut du mal à trouver les mots juste :

- Euh…. Je suis euh… je voudrai voir euh… Sir Farnsworth

- Mademoiselle Coleman je présume, répondit son vis-à-vis d'un ton neutre Veuillez me suivre.

Elizabeth entra dans le hall. Elle regarda autour d'elle, Le sol dallé de noir et blanc était recouvert d'un épais tapis qui étouffait le bruit de leurs pas. Ils arrivèrent devant une porte, et le majordome se tourna poliment vers la jeune fille, et lui dit :
- Veuillez attendre s'il vous plaît

Puis il frappa à la porte, avant d'entrer dans la pièce. Luke leva la tête, et demanda :

- Oui Ned qu'y a –t-il ?

- Mademoiselle Coleman est arrivée

- Faites-la entrer.

Luke se leva et accueillit sa visiteuse, tandis que le majordome sortit.
Le jeune homme s'approcha d'Elizabeth, avec un sourire sur les lèvres, puis lui prit la main en lui disant :

- Bonjour ma chère, j'espère que vous êtes venue me voir pour m'annoncer une bonne nouvelle

- Bonjour monsieur Farnsworth

- Voyons ne soyons pas aussi formel, appelez-moi par mon prénom, puisque nous allons être très intime tous les deux. En prononçant le dernier mot, il regarda intensément Elizabeth. Cette dernière se mit à rougit, et baissa les yeux. Elle ne savait pas bien quoi répondre, et Luke lâcha sa main et se dirigea vers un bar.

- Vous voulez boire quelque chose ?

Elizabeth tourna la tête, et répondit :

- Juste une eau gazeuse.

A nouveau Luke eu un sourire, et reprit :

- Vous avez peur de ne pas garder la tête froide si je vous sers un alcool

- Peut-être, répondit Elizabeth qui s'était reprise.

- Mais je vous en prie asseyez-vous, dit Luke en lui tendant un verre.

Elizabeth aurait préféré restée debout, pour être plus à la hauteur de son hôte, mais elle se percha sur le bord d'un fauteuil. Luke se versa un whisky.

- Alors demanda-t-il au bout d'un moment, vous n'avez toujours pas répondu à ma question ?

- Pourquoi devrais-je le faire, puisque vous connaissez déjà la réponse.

Luke s'assit tranquillement dans le fauteuil en face de la jeune fille. Son sourire n'avait pas quitté son visage. Il exultait intérieurement.

- Dites-moi ce qui vous a décidé de venir ?

Elizabeth but une gorgée. L'eau fraîche coula lentement dans sa gorge.

- Vous nous l'avez fait remarquer hier. Nous sommes au bout du rouleau, l'échéance du loyer arrive à terme et nous n'avons pas l'ombre d'un penny pour l'acquitter. En outre nous avons d'autres dépenses qui sont urgentes. Il est vrai que jusqu'à présent nous avons réussi bon an mal an à nous en sortir, mais il arrive un moment où nous n'avons plus rien à mettre en gage, et j'avoue que vivre au jour le jour ça joue sur les nerfs, et l'idée de ne plus avoir de soucis est ma foi plutôt plaisante

- Je comprends votre dilemme, d'une part une vie où vos problèmes seront réglés, et votre avenir qui est assuré, et d'autre part, le risque que vous prenez, de me faire confiance et de vous mettre à ma merci avec toute votre famille.

Elizabeth regarda son verre qu'elle tourna machinalement dans sa main, puis elle leva les yeux et regarda. Luke

- J'aimerai savoir ce que vous attendez de moi ?

Luke se leva, et s'approcha d'elle, avant de répondre :

- J'attends de vous ce que tout mari attend de sa femme,

- Mais nous ne serions pas un couple ordinaire

- Mais nous ne sommes pas des gens ordinaires répondit Luke, puis il fit lever la jeune fille

- Que voulez-vous faire ? Demanda Elizabeth d'une voix un peu inquiète

- Je vais vous embrasser pour vous convaincre que nous trouverons terrain d'entente

Ceci dit, il la prit dans ses bras et l'embrassa. Elizabeth ferma les yeux, pour se laisser aller à goûter les lèvres qui la happaient, sentir la langue de Luke s'enrouler autour de la sienne. Déjà une petite chaleur monta dans son ventre, et elle eut l'impression de fondre dans les bras forts qui la seraient. Lorsqu'il la lâcha, leurs respirations étaient quelque peu saccadées.

- Voilà la preuve qu'entre nous c'est…. L'entente parfaite

Elizabeth ne sut pas quoi répondre, et Luke continua :

- Voilà ce que je vous propose, à partir de demain vous allez acheter votre trousseau, et aussi tous ce qui est nécessaire pour votre famille. Vous empaquetez tout ce qui vous appartient d'ici une semaine, puis nous nous retrouverons dans la St Gabriel Church, je vous enverrais mon témoin pour vous chercher. Nous, nous marierons, puis vous, votre famille et moi revenons ici, pendant que mes domestiques déménageront vos affaires.

- Vous avez déjà tout prévu, ne put s'empêcher de remarquer Elizabeth d'une voix éteinte.

Luke lui sourit, il tenait toujours sa main, caressant sans en avoir l'air, l'intérieur de sa paume.

- Il faut toujours se fixer un but, et puis tout faire pour l'atteindre. Pourquoi attendre, la vie est trop courte.

- Et ensuite, lorsque nous serons installés tous ici que se passera-t-il ?

- Nous apprendrons à vivre ensemble

- Je ne suis pas sûre que je pourrai m'habituer à vivre comme ça

- Comment ? Demanda Luke

- Avec des domestiques qui feront tous le travail, des soirées où je devrais être hôtesse.

- Mais n'avez-vous pas vécue comme ça avant ?

- Non pas tout à fait, mes parents étaient plutôt aisés, mais pas vraiment très riches, nous avions une cuisinière, et deux femmes de chambres, notre maison n'avait pas les proportions de votre demeure. Et de toute façon, cela me semble être une éternité.
Je me suis habituée à faire tout moi-même sans me reposer sur autrui. C'est je trouve, une certaine forme d'indépendance

- Ne pas avoir à compter, ne plus faire attention au prix des objets, et faire ce dont on a envie, n'est-ce pas aussi une forme d'indépendance ?

Je n'en sais rien, mais cette vie me fait peur.

- Je ne peux croire qu'une fille aussi courageuse que vous, puisse avoir peur de la vie. Après tout, vous vous êtes assez battue pour garder ensemble votre famille, et survivre malgré les vicissitudes de l'existence.

- J'ai l'impression que survivre dans votre milieu sera beaucoup plus difficile

Luke posa ses mains sur ses épaules, et la serra un peu contre sa poitrine.

- Je serai là, et je vous aiderai.

Elizabeth essaya d'éviter son regard. Elle ne savait pas ce qu'elle pourrait dire, mais il lui semblait que l'univers des riches était comme une jungle où seul les plus forts pouvaient survivre, et ces derniers temps, elle se sentait plutôt vulnérable.
Luke ne dit plus rien, pourtant elle sentit dans son regard qu'il était prêt à l'aider à surmonter tous les obstacles qui se dresseraient sur son chemin, et cela lui redonna confiance.
Luke se dirigea vers son bureau, et sortit un carnet de chèque et dit :

- Voilà pour commencer, lorsque nous serons mariés, j'ouvrirai des comptes chez les commerçants, mais pour le moment, je pense que cela devrait suffire à couvrir vos dépenses les plus urgentes. Et surtout achetez-vous une belle robe de mariée.

Elizabeth prit le chèque en tergiversant un peu. Elle avait vraiment l'impression qu'elle venait de se vendre. Lorsqu'elle vit la somme marquée dessus, elle ouvrit grand les yeux. Bigre Elle n'avait jamais dépensé autant à la fois, vraiment Luke devait être très riche pour lui donner autant d'argent comme ça sans que ça porte à conséquence.

- Euh, risqua-t-elle, n'est-ce pas un peu trop ?

Luke lui sourit à nouveau et répondit :

- Non, vous devez régler toutes vos dettes, et acheter des habits a toute la famille, et s'il reste quelque chose, vous vous achèterez quelque chose qui vous fera plaisir.

Elizabeth hésita puis rangea le bout de papier dans son sac en disant :

- Eh bien euh … Merci beaucoup, elle se sentait de plus en plus empoté.

Luke souleva son menton, et lui demanda

- Remercier moi un peu mieux que ça. Dans ses yeux brillaient de l'amusement. Alors la jeune fille s'approcha un peu plus près de lui, et l'embrassa sur les lèvres en rougissant.

- Bon ça devrait suffire … Pour le moment reprit-il d'une voix de plus en plus amusée.

Il insista pour la faire ramener par son chauffeur, mais cette fois ci elle resta ferme, arguant qu'elle avait besoin de marcher, et de réfléchir aux changements qui allaient se produire dans sa vie.

Chapitre huit :

Ce qu'on ne sait pas
Ne vous échauffe pas
(Proverbe allemand)

Elizabeth contempla les rayons, ou était accrochées des robes de toute sorte. Elle avait du mal à choisir parmi tellement de toilettes plus jolies les unes que les autres.

Margaret virevoltait autour d'elle, tapant parfois dans les mains. Elle était toute excitée de pouvoir se constituer une garde-robe, sans pour autant regarder à la dépense.

- Pourquoi pas celle-là dit-elle en mettant devant elle une robe qui laissait les épaules nues.

- Pas question, dit tante Irène qui regardait d'un air circonspect les vêtements que choisissaient ses nièces. Tu n'as que seize ans, il te faut quelque chose de plus….

- Oh ! Non ! S'exclama la jeune fille, j'ai envie de m'habiller à la mode, maintenant que nous pouvons nous le permettre.

- Ce n'est pas parce que nous avons de l'argent, que tu dois t'habiller d'une façon indécente pour une fille de ton âge.

- Ce n'est pas juste, gémit Margaret, en remettant le cintre à sa place.

Déjà une vendeuse se dirigea vers eux en demandant

- Bonjour mesdames, puis je vous aider ?

Tante Irène se tourna vers la jeune femme, et répondit :

- Nous aurions besoin de quelques petites choses pour toutes les trois. Un sourire se dessina sur les lèvres de la vendeuse. Par qui commençons nous demanda-t-elle ?

- Par ma sœur, dit Elizabeth avant qu'aucune ne put ouvrir la bouche.

Et pendant qu'elles choisirent les vêtements, elle put tranquillement regarder les robes. Elle avait besoin de faire son choix toute seule. Luke leur avait donné rendez-vous pour aller déjeuner avec lui. C'est pourquoi elle avait choisi d'aller faire les courses dans un magasin non loin du restaurant.

- Oh ! Non tante Irène dit tout à coup Margaret pas celle-ci, je n'ai plus dix ans, tu ne veux pas aussi que je m'habille en marine et jupe plissée avec des chaussettes qui me montent jusqu'aux genoux ?

- Voyons qu'est-ce que tu reproches à cette robe ?

- Peut-être que mademoiselle pourrait choisir parmi celle-ci objecta la vendeuse qui voyait venir une vente longue et difficile. C'est des habits avec des couleurs gaies, et qui sont très modestes, pas de décolletés, et les jupes vont bien aux dessus des genoux.
Meg fit la grimace, déjà elle se voyait dans des robes avec des petits rubans, telles qu'on les mettait aux petites filles.

Mais elle eut une exclamation de joie en voyant ce que lui présentait la jeune fille du magasin. Puis elle tourna la tête vers sa tante, et celle-ci regarda d'un air dubitatif la collection.

- Oui ça pourrait aller.

- Youpi !!!

La vendeuse s'enquit de la taille, et bientôt Margaret se dirigea vers la cabine d'essayage avec une pile de robes.
Elle sortit avec la première, une robe à rayure, et prit la pose, attendant des compliments, se mirant dans la glace Cela dura un bon moment, et Elizabeth riait en voyant la façon qu'elle bougeait, tout en imitant de façon exagéré les mannequins qu'elle voyait dans les magazines. Lorsque la dernière toilette fut empaquetée, Irène se tourna vers Elizabeth et dit :

- Bon maintenant occupons-nous de toi.

La vendeuse fit une grimace, qu'elle espérait que personne n'avait vu. Si Irène était aussi pénible en ce qui concernait l'habillement d'une nièce, ne le serait-elle pas aussi avec l'autre ? Mais Elizabeth répondit :

- J'ai déjà choisi ce que je veux.

Irène ne fit aucun commentaire, elle approuva même certains choix. Par contre Margaret ne put s'empêcher de s'écrier :

- Oh ! Tu devrais essayer de t'habiller plus à la mode !!!

- Je te signale que c'est la mode répliqua sa sœur

- Oui mais c'est plutôt classique, pourquoi n'essaye-tu pas celle-là, remarqua Margaret, c'est le dernier cri

Elizabeth regarda les robes que désignait sa sœur.

- Elles seront démodées dans un an.

- Et alors, tu auras un mari qui a de l'argent, tu renouvelleras ta garde-robe.

La vendeuse vit dans ces paroles une bonne opportunité, et se dirigea vers le rayon qu'avait désigné Meg

- Il est vrai que cette collection vient juste de sortir, et je dois dire qu'elle serait idéale pour votre silhouette

- Ah ! Bon dit malicieusement Elizabeth, je croyais qu'il ne fallait pas avoir de poitrine ni de hanche pour pouvoir mettre ce genre de chose.

La vendeuse ne perdit pas son impassibilité

- Au contraire il en faut quand même pour bien les valoriser.

- Non merci, ce n'est pas du tout mon genre, par contre j'aimerai assez trouver une robe pour un mariage.

- Voyons Elizabeth, nous devrions aller dans une boutique pour les robes de mariées ! Ne put s'empêcher de dire Irène

- Je pense qu'une robe bien habillée suffira largement.

Margaret soupira, se disant que vraiment sa sœur ne profitait pas assez de la vie. Le jour où elle se marierait, elle se choisirait la plus belle robe de mariée du magasin.
Mais Elizabeth resta ferme, et on emballa les affaires qu'elle avait choisies.
Pour Irène cela allait assez vite, car comme Elizabeth, elle savait exactement ce qu'elle voulait, et ce qu'elle ne voulait pas, même si la vendeuse essayait parfois de lui proposer des toilettes un peu plus chères, un peu plus modernes.
Tandis que Margaret continua à discuter sur les tissus, et les couleurs, Elizabeth se mit un peu à l'écart. Elle n'aimait pas spécialement acheter des vêtements, C'était plus une corvée qu'autre chose.
Par la devanture de la vitrine, elle aperçut l'arrivée de la Bentley de Luke. Pour une fois c'était lui-même qui conduisait, et Elizabeth l'observa alors qu'il sortait de la voiture. Mon Dieu comme il était beau. Les vêtements qu'il portait, ne sortaient certainement pas d'un magasin, mais plutôt des mains d'un tailleur. Et là, elle fut absurdement fière que cet homme si viril l'ait choisi elle, qui se trouvait aussi terne qu'une souris d'église. Déjà, elle voulait attirer son attention en agitant la main, mais juste à ce moment-là, il tourna la tête vers l'autre côté, comme s'il avait entendu quelque chose qu'Elizabeth n'avait pas perçu. Un sourire se dessina sur ses lèvres, et Elizabeth aperçut dans son champ de vision une blonde qui courait vers lui, et qui l'embrassait sur les joues. La jeune fille se rembrunit, lorsqu'elle vit combien cette rencontre semblait faire plaisir à Luke. Ils parlèrent avec animation, et cela donna l'occasion à Elizabeth d'observer celle qu'elle prenait pour une rivale. Elle avait un peu plus que la taille moyenne, et portait aussi les cheveux longs. « Décidément il aime les belles chevelures » Se dit-elle in petto. D'ailleurs cela aurait été un

crime de couper cette crinière blonde et soyeuse, qui telle un manteau d'or s'écoulait dans le dos de sa propriétaire. Un petit chien blanc sauta autour d'eux, et Luke se mit à le caresser « certainement qu'il le connait bien » Se dit encore la jeune fille. Elizabeth s'approcha encore un peu plus de la devanture, elle remarqua que les yeux de la mystérieuse inconnue étaient levés vers son fiancé, et étaient du bleu le plus pur, et l'aiguillon de la jalousie, traversa le cœur de la jeune femme. Pourquoi n'épousait-il pas cette ravissante créature ? Ou alors, peut-être était-elle déjà mariée, se dit Elizabeth. Malheureusement elle ne put s'en rendre compte car la jeune femme portait des gants.

A présent elle ne voulait plus retenir l'attention du jeune homme, et se cacha vite derrière un mannequin du magasin afin que Luke ne la voie pas s'il levait les yeux vers le magasin. Et puis le couple se sépara, sur un signe de tête. Luke avait encore un petit sourire sur les lèvres, alors qu'il se dirigea vers le restaurant à côté de la boutique ou se trouvait la jeune femme. Pendant un moment, Elizabeth resta là toute tremblante, avec un sentiment amer sur les lèvres. Elle qui un moment plutôt s'enorgueillit d'avoir retenu l'attention d'un si bel homme, se dit qu'elle aurait dû se méfier. Allait-il garder cette femme comme maîtresse occasionnelle ? Allait-il parfois dire qu'il s'absentait pour affaire alors qu'il allait visiter cette belle créature ? Mon Dieu quelle vie allait-elle avoir si elle devait toujours se poser des questions de ce genre. Et pourrait-elle se donner à un homme en qui elle n'avait pas confiance ? Elle n'eut pas le temps de réfléchir plus avant.

- Elizabeth ! Appela Irène

Vite la jeune femme se tourna vers sa tante qui venait de sortir de la cabine d'essayage, habillé de mauve

- Alors, qu'est-ce que tu en pense ?

Elizabeth se reprit, et s'avança vers sa parente

- Cette robe te rajeunit, tu vas en briser des cœurs

Irène se mit à rire

- Il faudra bien autre chose pour faire oublier mon âge qu'un bout de tissus.

Pendant qu'on passait à la caisse, La jeune femme essaya de ne rien montrer de ses préoccupations, elle tenta de plaisanter. Il ne fallait pas qu'on devine son tourment. Elle suivit les deux femmes dans le restaurant, ayant presque peur de revoir Luke. Ce dernier se leva lorsqu'il les aperçut. Avec son exubérance habituelle, Margaret se précipita vers lui en disant

- Bonjour Luke, vous devriez voir toutes les belles robes que nous nous sommes achetés, c'est tellement merveilleux, et c'est à vous qu'on le doit.

Luke semblait amusé par l'enthousiasme de sa jeune future belle-sœur. Se laissa embrasser sur les joues en riant un peu.

- Je suis sûr que vous êtes ravissante dans chacune d'elle. Puis se tournant vers Irène, il lui fit un baisemain, et reprit, Bonjour Miss Coleman !

- Oh ! Voyons ne soyons pas si formel, appelez-moi Irène. Dit la dame ravie de l'attention du jeune homme. Lorsque Luke se tourna vers elle, Elizabeth eu comme un coup de cœur. Ah ! Le traître pensa-t-elle, et elle se reprit. Elle n'allait pas lui faire une scène de jalousie en public, mais il ne perdait rien pour attendre.

Chapitre neuf :

*Sans la liberté de blâmer
Il n'est pas d'éloge flatteur
(Pierre Augustin Canon de Beaumarchais)*

Le repas se déroula dans une atmosphère bon-enfant, Margaret monopolisa la conversation, parlant avec enthousiasme de tout ce qu'elle voulait faire, alors qu'Irène essayait de la freiner un peu. Luke riait souvent, il semblait apprécier les débordements de la jeune fille. Elizabeth par contre resta silencieuse. De temps à autre Luke lui posait des questions, et elle répondit succinctement. S'il en fut surpris, il ne le montra pas. Alors que les cafés étaient servis, le jeune homme dit :

- J'ai une mauvaise nouvelle, il faudrait que j'aille à Birmingham dans une de mes usines, et je ne serai pas de retour avant le mariage.

- Ah ! Vraiment ? Ne put s'empêcher de demander Elizabeth, qui à nouveau sentait une pointe de jalousie la piquer droit au cœur

Cette fois ci le jeune homme se tourna vers elle, et lui prit la main.

- Oui ma chère, je n'y peux rien, mais avant de partir, j'ai là encore quelque chose pour vous.

Il sortit une petite boîte de sa poche, et puis lui prit la main droite, et y glissa une bague.

- Ouah ! s'exclama Margaret, qui admira la belle pierre verte entourée d'éclats de diamants

Elizabeth ne sut que dire, elle regarda la bague quelque peu ahurie. Elle était tellement plongée dans ses pensées sombres, qu'elle ne s'était pas attendue à un tel présent, et maintenant, elle n'avait aucune idée de ce qu'elle devait en penser, ni à plus forte raison de ce qu'elle devait exprimer.

- Alors vous ne dite rien ? Demanda Luke

Elizabeth leva les yeux sur son fiancé. Il la regardait d'un air si tendre, qu'elle commença à douter de ce qu'elle avait vu. Après tout, qu'avait-elle vu ? Une jeune femme qui avait salué un homme au vu et au su de tout le monde, peut-être que c'était juste une connaissance.

- Je ne sais pas quoi dire, répondit-elle au bout d'un moment, je n'ai jamais eu un bijou aussi précieux. Merci beaucoup

Luke qui avait gardé la main dans la sienne, la souleva à sa bouche, et sans la quitter du regard, déposa un baiser dans sa paume, en disant :

- Gardez moi ce baiser jusqu'à ce qu'on se revoie, devant l'autel dans quelque jour.

Plus tard, alors qu'elles étaient de retour à la maison après que Luke les ait ramenées avec la Bentley, elle put s'isoler dans la chambre qu'elle partageait avec les deux autres femmes, tandis que Margaret s'était précipitée chez la voisine pour lui raconter les évènements de la journée, alors qu'Irène plus pragmatique, avait décidé de faire le repassage. Elizabeth se sentait un peu coupable, elle aurait dû aider sa tante, faire le ménage, commencer à ranger les affaires qu'ils allaient emmener avec eux. Mais elle n'en avait pas le courage.

En esprit elle se repassa la scène qui s'était déroulée devant le magasin de vêtement. Qui était cette femme, et surtout que représentait-elle pour Luke ? Assurément ils se connaissaient bien, et certainement que ce n'était pas seulement une connaissance d'affaire. Mais était-elle pour autant sa maîtresse ?

Ou alors s'agissait-il d'une ancienne liaison. Elizabeth soupira, elle n'aurait pas dû se cacher, mais au contraire se montrer, faire un salut à Luke, certainement qu'il lui aurait expliqué qui était cette inconnue, et elle ne serait pas en proie à tous ces doutes.

- Elizabeth, qu'est-ce que tu as ? Demanda Irène.

La jeune femme tourna la tête, et vit que sa tante était entrée dans la chambre sans qu'elle l'entende toute enfoncée dans ses sombres pensées.

- Mais rien je t'assure

Mais Irène ne fut pas dupe, et fronça les sourcils

- Dit moi ce qui te chiffonne, demanda-t-elle tout en rangeant des vêtements dans l'armoire

- J'ai juste un peu de vague à l'âme, répondit Elizabeth, qui n'avait pas tellement envie de parler de ses préoccupations. Irène s'assit à côté d'elle sur le lit.

- Allons voyons, tu ne crois pas que je ne vois pas que tu es ennuyée par quelque chose ? Et ce depuis qu'on était au magasin.

Elisabeth regarda sa tante d'un air surpris.

- Et ne me regarde pas de cet air étonné, je te connais depuis que tu es née. En général je sais bien que tu préfères garder tes petits problèmes pour toi, mais là, je pense qu'il vaut mieux que tu me dises ce qui se passe. Aurais-tu changé d'avis en ce qui concerne le mariage ? Tu sais bien que si c'est le cas, on trouvera une solution.

- Non je n'ai pas changé d'avis, enfin pas vraiment.

- Alors là tu m'inquiète, comment ne peut-on pas vraiment changer d'avis ?

Elizabeth soupira elle avait du mal à s'expliquer, car comme l'avais si bien deviné sa parente, elle préférait toujours garder pour elle ses préoccupations.

- J'ai vu une belle femme qui saluait Luke lorsqu'il est arrivé. Dit-elle d'un trait.

- Ah ! C'est pourquoi tu es restée si longtemps planté devant la vitrine

- Tu l'as remarqué ?

- Ma fille, tu es resté planté là-bas pendant au moins cinq minutes. Bien sûr que je l'ai remarqué, mais je croyais plus tôt que tu admirais quelque chose dans la devanture, mais que tu n'osais pas trop l'acheter parce que c'était trop cher.

- En tout cas, ils semblaient bien se connaitre.

- Hum, je suppose que c'était une belle femme, plutôt jeune.

- Oui, comment tu sais ça ?

- Parce que tu es jalouse.

- Voyons tante Irène comment pourrais-je être jalouse d'un homme que je ne connais presque pas, et dont je ne suis même pas amoureuse ?

- Oui comment ? Reprit Irène en ironisant un peu. En tout cas Liz, si cela avait été un homme qui vienne saluer Luke, ou bien une femme de mon âge, tu n'aurais pas eu cette figure de carême que tu portes depuis l'incident.

Elizabeth pinça les lèvres. Elle était un peu fâchée contre sa tante, qui ne prenait vraiment pas au sérieux ses inquiétudes

- C'est vrai si une vielle femme avait salué mon fiancé, cela ne m'aurait posé aucun problème, dit-elle d'un air pincé

- Alors pourquoi une jeune femme ne peut-elle avoir les mêmes rapports avec Luke, qu'une vielle. Pourquoi toujours chercher la petite bête ?

Elizabeth soupira à nouveau, avant de se tourner vers Irène

- Parce qu'elle était très belle, et que je pense qu'un homme aurait du mal à y résister.

- Ts ce n'est pas une raison. Après tout, s'il était autant attiré par cette demoiselle que tu le supposes, c'est elle qui serait certainement sa fiancée.

- Elle est peut-être mariée

- Oh ! Mon Dieu Elizabeth, pourquoi cherchez midi à quatorze heures, tu aurais dû lui demander carrément ce qu'il en est au lieu de te poser des questions dont tu ne connais pas la réponse.

- Oui tu as certainement raison, répondit Elizabeth d'un ton pas du tout convaincu.

Irène se leva, et se dirigea vers la porte. Mais avant de sortir, elle reprit :

- Si vraiment il y avait quelque chose entre ces deux comme tu le suppute, ce n'est pas au vu et au su de toute la population qu'il le montrerait, et surtout pas juste avant un rendez-vous avec nous sous peine d'être surpris. Alors enlève ces raisonnements de ton esprit et suis-moi, les garçons vont rentrer et aide-moi à préparer le thé

Vers cinq heure, Hubert entra, il avait dans les bras un petit chien d'une couleur brunâtre, avec un pedigree incertain

- Mon Dieu ! S'exclama Irène, d'où sors-tu cette bête ?

- C'est mon copain Harry, sa chienne avait mis bas, et son père lui a dit que s'il ne trouvait pas des gens pour les prendre, ils les noieraient tous dans la Tamise

- Mais tu sais bien que nous n'avons pas de place pour un chien, rapporte cet animal à ton copain Harry.

Au lieu d'obtempérer, Hubert serra le chiot encore plus fort dans ses bras.

- Si je le ramène il va mourir, c'était le dernier, personne n'en voulait, et je ne veux pas qu'il finisse dans la Tamise.

- Ça ne m'étonne pas qu'il n'ait pas trouvé preneur, il me semble bien laid ce chien, remarqua Margaret

- Ce n'est pas vrai ! s'écria Hubert, Comet n'est pas laid, il a un poil aussi doux qu'une peluche, et il me connaît déjà

- Comment tu as dit ? Comet ? Railla encore Margaret, qui aimait bien taquiner son petit frère, eh bien s'il ressemble un tant soit peu à une comète, il disparaîtra assez rapidement

- Non il ne partira pas cria Hubert, des larmes commençaient à couler dans ses yeux, et d'un mouvement de bras, il les essuya. Et puis t'est jalouse parce que toi tu n'as pas eu de chien.

- Ecoute-moi un peu gamin….

- Stop ! dit Elizabeth, pas de dispute, je sens venir une migraine.

Elle se dirigea vers le jeune garçon, et s'accroupit à côté de lui.

- Tu sais bien que nous n'avons pas vraiment de place pour ton ami

- Mais Luke m'a promis que si tu l'épouses, j'aurai le droit d'avoir un chien, et c'est Comet que je veux.

- D'accord, il t'a permis d'avoir un chien, mais seulement après le mariage. Vois-tu, le jour où je me marrie, il restera tout seul dans l'appartement jusqu'à ce que les domestiques viennent chercher nos bagages, je ne suis pas sûr qu'ils s'attendront à y trouver un chiot.

- Mais je ne peux pas le rapporter, le père d'Harry….

- Bon, j'ai compris répondit Elizabeth. Puis elle soupira. C'est bon, on va trouver une solution, mais je tiens à ce que tu lui donnes un bain, et surtout qu'il ne dorme pas dans ton lit, j'ai l'impression qu'il a des puces

Le visage d'Hubert fut illuminé, savoir qu'il avait le droit de garder son animal lui avait redonné son sourire. Il posa la petite bête par terre, et sauta au cou de sa sœur

- Oh ! Merci mille fois Liz, tu verras tu ne le regretteras pas. A ce moment-là, le chiot fit quelque pas en reniflant par terre, puis il s'assit et tout à coup apparut une petite marre jaune

- Je ne le regretterais pas hein ? Dit Elizabeth en regardant Hubert

- Je l'enlève tout de suite.

La porte s'ouvrit, et Daniel apparut. Il faillit tomber par-dessus la petite boule qui s'était précipité vers lui.

- Seigneur mais qu'est-ce que c'est ça ???

- Le nouveau locataire de votre chambre railla Margaret

Chapitre dix

Les jours suivant, Elizabeth n'eut plus le temps pour réfléchir. Comet avait été lavée, et s'était échappée des bras de son maître, il avait mouillé tout l'appartement en s'enfuyant suivis par Hubert. En plus il avait dispersé les jours suivant plusieurs petites flaques, et mordillé les gants de Margaret, qui depuis le surnommais Attila parce que d'après elle c'était un destructeur, au grand dam de Hubert ce qui faisait que des disputes éclataient de temps à autre qu'Elizabeth avait de plus en plus de mal à régler calmement.

Enfin arriva le grand jour. Elizabeth fut réveillée par Margaret, qui était encore plus exubérante que d'habitude :

- Réveille-toi ma vieille, c'est aujourd'hui le jour le plus important de ta vie dit-elle en enlevant les couvertures de dessus du lit de sa sœur.

Elizabeth mit son oreiller sur la tête, et répondit :

- Nous ne partons que vers quatorze heures, donc on a tous le temps du monde.

- Mais il faut que tu te prépares, tu n'es pas nerveuse ?

Elizabeth s'assit sur le lit, et bailla, avant de regarder par la fenêtre le temps qu'il faisait.

- Au moins, il ne pleut pas, dit-elle en voyant le temps gris. Puis se tournant vers sa sœur, elle demanda :

- Quelle heure est-il ?

- Il est huit heures, tante Irène prépare déjà le petit déjeuner. Allez viens lève-toi.

La jeune fille se leva en grognant. Intérieurement, elle se sentait inquiète, mais pour rien au monde, elle ne l'aurait montré à sa famille.

Après le petit déjeuner, qui fut un peu plus animé que d'habitude, Margaret entraîna à nouveau sa sœur vers la chambre.

- Viens il faut mettre ta robe de mariée

- Arrête de me bousculer, je ne vais pas mettre des heures à enfiler une simple robe.

Les yeux de sa petite sœur se mirent à pétiller.

- Viens tu verras

Elizabeth regarda Margaret d'un air dubitatif. Elle sentait que sa jeune sœur lui cachait quelque chose. Tante Irène aussi avait disparu avant la fin du repas, et mystérieusement les deux garçons desservaient la table. Il y avait un mystère quelque part.

Arrivée dans sa chambre, Elizabeth laissa échapper un cri d'étonnement, en voyant sur un cintre devant sa vieille armoire, une robe de mariée avec un petit voile.

- Mais…. Mais…. Bégaya-t-elle

- Surprise !!!! S'écria Margaret, en riant.

Elizabeth se tourna vers tante Irène afin de savoir comment cette robe était arrivée jusqu'ici.

- Luke m'avait donné un numéro de téléphone ou je pouvais le joindre, lui dit sa parente. Lorsque j'ai fait mes courses il y a quelques jours, je suis allée à la poste, et j'ai pu lui téléphoner. Je lui aie dit que tu n'avais pas acheté une vraie robe de mariée, et il m'a donné toute latitude pour t'en procurer une.

- Et lorsque nous sommes parties pour donner nos vieux vêtements à l'armée du salut, continua Margaret, nous en avons profité pour passer à la boutique de mariage pour te choisir une robe adéquate.

- Maintenant je comprends pourquoi vous avez mis tant de temps, répondit machinalement Elizabeth. Mais ou avez-vous caché cette toilette pour que je ne la trouve pas ?
- Nous l'avons laissée las bas, avec pour instruction de nous la livrer ce matin. Eh bien la chance était avec nous, car le livreur venait de passer avant que tu ne te réveilles, et nous l'avons mis dans la chambre des garçons.

- Eh bien, pour une surprise, c'est une surprise dit Elizabeth en riant.

Allez mets la reprit Margaret

Elizabeth admira encore la belle robe, et palpa les tissus avant de répondre :

- Non il ne vaut mieux pas, je risque de le tacher ou de la froisser avant qu'on parte pour l'église.

A ce moment-là, on entendit quelque chose se briser dans la pièce à côté. Les trois femmes se précipitèrent vers la cuisine, pour découvrir Hubert à quatre pattes en train de ramasser les morceaux de ce qui avait été un bol

- C'est vraiment un destructeur ton chien, disait Daniel en secouant la tête. Je ne veux vraiment pas l'appeler Attila ?

- Mais il ne l'a pas fait exprès répondit Hubert, tandis que le coupable était assis et regardait d'un air innocent ces humains qui s'énervaient autour de lui, l'air de se demander pourquoi.

- Il faudrait tâcher de dresser ce chien, dit Elizabeth, je ne suis pas sûre que Luke soit enchanté par une bête qui casse tout, et les domestiques ne te diront pas merci.

Hubert renifla, il jeta les morceaux de porcelaine dans la poubelle, puis il prit son chien sous le bras et se dirigea vers la porte en geignant :

- Viens Comet, ici personne ne t'aime.

- Et tache d'être de retour d'ici le déjeuner, lui cria tante Irène avant qu'il ne disparaisse.

Margaret soupira, et Elizabeth reprit :

- J'ai l'impression que je vais encore avoir une migraine.

****

Quelques heures plus tard, les dernières caisses étaient fermées. Elizabeth alla donc se changer afin de mettre dans la valise les vêtements qu'elle portait. En se voyant dans le miroir, elle ne put se retenir de s'admirer. Décidément, Irène avait eu raison de lui acheter cette robe.

- Waouh ! S'exclama comme à son habitude Margaret. On dira une princesse

- C'est vrai qu'elle te va plutôt bien, ajouta Irène. Il reste juste à trouver la coiffure adéquate pour fixer le voile.

Les trois femmes se coiffèrent les unes les autres.

- Nous aurions dû faire venir un coiffeur, remarqua Margaret.

- Il aurait été horrifié lorsque nous lui aurions donné notre adresse, et je suis sûr qu'il aurait refusé ironisa Elizabeth.

- Et si l'adresse ne l'aurai pas fait fuir, certainement que Comet aurait réussi continua Margaret.

Les femmes se mirent à rire, et l'atmosphère s'allégea. Pourtant, Elizabeth se sentait de plus en plus nerveuse. A partir d'aujourd'hui sa vie allait changer, en bien ou en mal, elle ne savait pas, et elle ne put s'empêcher de penser à la belle inconnue.

Et puis on frappa à la porte. Elles se figèrent. Elizabeth n'aurait pas pu bouger, la nervosité commençait à la gagner.

- J'y vais ! S'écria Margaret, qui courut à la porte. Daniel sortit juste la tête de l'autre chambre.

- Est-il déjà l'heure demanda-t-il ? Puis il sortit la vieille montre gousset hérité de son père. Tiens je n'aurai jamais cru qu'il était déjà si tard.

Margaret ouvrit d'un coup la porte, et resta bouche bée devant le visiteur inconnu. Un homme brun très séduisant lui souriait. Elle du déglutir, et l'espace d'un instant, elle eut peur de ne pouvoir que balbutier, mais déjà l'homme dit :

- Je suis bien ici chez la famille Coleman ?

Margaret le regarda d'un air étonné. Elle ne s'attendait certainement pas à trouver sur le pas de leur porte un homme aussi séduisant.

- Heu… Oui répondit-elle de façon un peu hésitante.

- Puis j'entrer ?

Margaret s'effaça, et L'inconnu entra dans la pièce. Irène se dirigea vers lui, et demanda

- Qui êtes-vous, et que voulez-vous ?

Il eut un grand sourire, avant de répondre :

- Je m'appelle James Colins, et je viens de la part de Luke. Il m'a chargé de vous accompagner à l'église, et j'ai le grand honneur d'y conduire la mariée.

Le visage d'Irène s'illumina et elle tendit la main au jeune homme.

- Bienvenue chez nous. Je suis Irène Coleman, la tante de ces jeunes gens

- Vraiment, j'aurai plutôt cru que vous étiez leur sœur

Irène rosit un peu. Elle trouva le compliment exagéré, mais cela faisait toujours plaisir.

Elle présenta ensuite Daniel, avant que n'apparaisse Elizabeth. James se tourna vers la fiancée, et dit :

- Je présume que voici la future mariée. Il prit la main de la jeune fille dans la sienne, et tandis qu'il la serrait, il reprit :

- Quel dommage que nous ne nous soyons pas rencontrés avant, j'aurais eu le plaisir de vous courtiser. Puis il lui tendit un bouquet de roses blanche qu'il avait gardé derrière son dos. Voici le bouquet de la mariée

Elizabeth répondit :

- Merci, tout en rougissant un peu. Elle n'était pas habituée aux flatteries.

Une boule de poil déboula soudain dans la pièce et s'empara du bas du pantalon de leur visiteur. James se baissa et prit l'animal par la peau du cou, et le souleva à la hauteur de ses yeux, puis il demanda :

- Hum qu'avons-nous là ?

- Le destructeur de la famille ironisa Margaret

- Ce n'est pas vrai s'écria Hubert qui venait d'entrer dans la pièce à la recherche de son ami. Il ne vous connaît pas c'est tout

James posa le chiot par terre en continuant :

- Ma fois, je pense qu'il aurait besoin d'un peu de discipline. Puis il dit d'un ton de commandement : Assis

Et à la surprise général, Comet pour la première fois s'assit, en penchant un peu la tête avec un bout de langue rose qui pendait de sa mâchoire

La glace fut rompue, et dès ce moment la famille l'accueillit un peu comme si elle le connaissait depuis toujours.
L'heure venue, ils descendirent tous pour s'engouffrer dans une Rolls Royce grise, dont un chauffeur tenait la portière. Et ils partirent en direction de l'église.
Tout le moindre parlait à la fois, ils étaient un peu excités. Il n'y avait qu'Elizabeth, qui n'ouvrit pas la bouche. Elle se sentait comme en dehors de son corps, et qu'elle regardait toute la scène. Tout cela ne lui semblait pas réel.
Lorsqu'ils arrivèrent, Comet resta avec le chauffeur qui fut chargé de s'occuper de lui. Margaret ne put s'empêcher de lui dire qu'il avait intérêt à le garder hors de la voiture, sous peine de devoir éponger l'intérieur de la Rolls. Puis toute la

famille entra dans l'église pour s'installer au premier rang, tandis que James et Elizabeth attendaient dans le devant de l'église. La jeune femme avait les mains moites, et James sentant combien elle était nerveuse essayait de la calmer un peu. Lorsque la marche nuptiale de Mendelssohn retentit, elle posa sa main sur le bras du jeune homme, et ils avancèrent le long de l'allée recouverte d'un tapis rouge. Elle voyait Luke devant l'autel qui s'était tourné vers elle. Et au moment d'arriver près de lui elle aperçut au premier rang l'inconnue blonde qui l'avait tellement préoccupée ces derniers jours.

Chapitre onze :

Les vérités qu'on craint le plus d'apprendre
Sont celles qu'on a le plus d'intérêts à savoir
(Proverbe français)

Lorsqu'elle fut en face de Luke devant l'autel, elle ne savait plus où elle en était. Mais le sourire de son fiancé lui fit battre le cœur.

Luke avait été ébloui en voyant apparaître Elizabeth au bras de James. Mais il se rendit compte aussi à ce moment-là, que ce n'était plus seulement la raison qui lui commandait d'épouser cette femme, mais aussi une partie de son cœur. Oui il se l'avouait, il éprouvait quelque chose pour elle, il ne savait pas encore quoi, mais une petite étincelle s'était allumée à l'intérieur de son être.

La cérémonie commença. Pour Elizabeth ce fut comme dans un brouillard. Elle se demanda par moment qui était cette femme derrière elle et puis elle sentait la pression de la main de Luke, et elle oubliait tout à part ce regard et ce sourire.

- Voulez-vous Luke Peter Farnsworth prendre pour épouse Elizabeth Katherine Coleman la soutenir dans les bons et les mauvais jours, dans la santé et la maladie pour le meilleur et le pire, alors dites oui je le veux

- Oui je le veux

Puis elle sentit le froid métal de l'alliance que son fiancé lui glissait à son doigt. Déjà le prêtre continua :

- Voulez-vous Elizabeth Coleman prendre pour époux Luke Peter Farnsworth lui obéir le soutenir dans les bons et mauvais jours, lui être fidèle pour le meilleur et le pire alors dites oui je le veux.

L'espace d'un court instant, Elizabeth eut envie de répondre non. D'abord elle se rendait compte qu'il y avait des choses importantes de la vie de son fiancé qu'elle ignorait, ensuite, elle trouvait injuste que la fidélité et l'obéissance lui fut demandée, alors qu'elle ne le fut nullement pour lui. Pourtant sans s'en rendre compte, elle répondit d'une voix un peu enrouée :

- Oui je le veux.

Tante Irène sortit son mouchoir, des larmes d'émotions coulèrent sur ses joues. Elle se dit qu'à partir de maintenant, Elizabeth était à l'abri et casée. Il ne restait plus que Margaret, mais cela allait être une autre histoire, car elle supputait que la jeune fille ne se laisserait peut-être pas docilement conduire vers le mariage. Les larmes qui lui embuaient les yeux, l'empêchèrent de voir de quelle façon la jeune fille regardait James, car cela l'aurait assurément tranquillisée, ou alors au contraire alarmé.
Hubert qui était assis à côté de sa sœur n'arrêtait pas de bouger sur le banc. Il tirait sur sa cravate, qu'il n'était pas habitué à porter car à l'école qu'il fréquentait, cet instrument de torture ne faisait pas partie de la panoplie de l'uniforme contrairement aux écoles plus huppées. Il se sentait aussi à l'étroit dans son costume, et puis il s'ennuyais, à rester assis sans rien faire, et puis il se faisait du souci pour son chien. « J'espère se dit-il que le chauffeur de Luke n'est pas trop impatient avec Comet » Puis il se mit à bailler. Sûrement

qu'il ne se mariera jamais se dit-il encore. Lui son rêve s'était un élevage de chien.

Daniel se dit que s'il avait eu vingt et un ans, c'est lui qui aurait été le témoin de sa sœur, il se sentait un peu lésé. Il avait pensé étant l'homme de la famille, de conduire la mariée mais là aussi on l'avait frustré. Il eut un soupir discret.

La voix du prêtre s'éleva à nouveau après qu'Elizabeth ait fait glisser d'une main tremblante, l'anneau au doigt de son presque mari.

- S'il y a quelque part dans l'assemblée une personne qui a une raison d'empêcher ce mariage, qu'elle parle maintenant, ou se taise à jamais. Il y eu un flottement, comme toujours à ce moment-là, et un ange passa. Et puis l'officiant reprit

- Je vous déclare mari et femme, ce que Dieu a uni, nul homme ne doit le séparer. Vous pouvez embrasser la mariée Luke prit sa toute nouvelle épouse dans ses bras, et l'embrassa de façon un peu plus passionnée que prévue, ce qui fit que cette dernière se sentit encore plus troublée qu'avant

Irène se moucha, Margaret se retint d'applaudir tellement elle était excitée, et Hubert se baissa pour remonter ses chaussettes.

Déjà les mariés durent se diriger vers la sacristie où ils devaient signer le registre ainsi que leurs témoins. Irène aurait voulu embrasser sa nièce, mais le regard embué qu'elle lui lança disait tout ce qu'elle avait sur le cœur.

L'orgue se remit à jouer, et enfin les mariés sortirent suivis de l'assemblée. Sur le parvis on leur lança du riz avant de les congratuler.

Irène fut la première à embrasser Elizabeth, et à lui dire :

- Je souhaite que tu sois très heureuse.

A peine eut-elle laissé la mariée que Margaret serra sa sœur dans ses bras.

- Je suis si contente pour toi.

Daniel embrassa sa sœur, il se remettait un peu de sa déception. Au moins n'avait-il plus besoin de se soucier pour elle. Puis il poursuivit Hubert qui ne prenait pas ces congratulations vraiment au sérieux, et qui était impatient de savoir ce qu'était devenu son chien.

Elizabeth ne sut jamais ce qu'elle leur répondit, car elle avait repéré la belle inconnue qui les regardait avec un grand sourire. Visiblement elle était contente de ce mariage, donc impossible que ce soit une ancienne maîtresse, ni une soupirante délaissée. De toute façon elle n'aurait pas été de la cérémonie à ce moment-là. Mais qui était-elle ?
Un homme s'avançait en boitant un peu. Une cicatrice sur le côté du visage accentuait s'il était possible, la séduction de son être. Élizabeth reconnut le témoin de Luke. Elle était d'ailleurs déroutée, pensant que le témoin allait être James. Il secoua la main de Luke en disant :

- Je suis bien content que tu sois casé à ton tour, mon vieux

Elizabeth leva les yeux vers son mari. Alors ce dernier lui dit :

- Laisse-moi te présenter mon collègue et associé Colin Falmouth vicomte de Waterstone, et son épouse Hannelore Colin embrassa la jeune femme sur les deux joues en lui disant :

- Rendez le heureux, il le mérite

Puis enfin la belle inconnue qui depuis quelque seconde ne l'était plus s'approcha d'elle en souriant. Elle embrassa la mariée en disant :

- J'espère que vous serez aussi heureuse que moi, et que nous deviendrons amies.

C'est dans un presque brouillard, qu'Elizabeth monta dans la Bentley de Luke, ou un autre chauffeur les conduisait.
 Elle regardait par la vitre arrière en demandant

- Et la famille ?

Luke lui prit la main, et répondit en souriant :

- Ils nous suivront dans la Rolls, James s'occupera bien d'eux, ne te fait pas de souci.

Elizabeth tourna son visage vers son époux. Elle ne savait pas vraiment que dire. Luke par contre se sentait heureux. Il avait réussi à se lier à cette femme, il avait envie de chanter.

- Depuis quand connais-tu les Falmouth ? Demanda soudain la jeune mariée

- Cela fait plusieurs années, j'ai rencontré Colin à l'école de pilotage. Ensuite nous sommes restés épistolairement en contact pendant la guerre, car ayant chacun un avion, nous n'avions plus trop l'occasion de nous voir souvent. Puis il a été descendu, son copilote est mort. J'ai réussi à le voir dans l'hôpital militaire ou il fut emmené, mais à ce moment-là, il était au plus mal physiquement et moralement. Dès que les médecins le laissèrent sortir, il disparut sur son domaine. Nous nous sommes perdus de vue.

 J'ai passé mon temps à faire fructifier mon avoir. Je pense qu'il aurait continué à vivre comme un ermite, s'il n'avait pas un jour du accueillir une pupille venue d'Allemagne. Il en est tombé amoureux et l'a épousé, et depuis crois-moi c'est un autre homme.

- Je trouvais un peu bizarre qu'elle soit allemande reprit Elizabeth.

- C'est une histoire plutôt compliquée. Je te la raconterais un jour. En tout cas j'espère que tu deviendras amie avec elle, elle est très sympathique, et n'a pas tellement d'amies, justement à cause de sa nationalité.

Dans la voiture suivante, la famille Coleman et James étaient assis. Irène demanda à ce dernier :

- Vous connaissez Luke depuis longtemps ?

Disons que ça fait un bon bout de temps, répondit James amusé

- Ah ! Dit Irène, qui cherchait comment en savoir plus sur ce jeune homme qui semblait avoir retenu l'attention de Margaret. Cette dernière d'ailleurs ne put s'empêcher de le questionner l'air de rien :

- Vous n'êtes pas marié ?

- Non fut la réponse laconique du jeune homme, alors qu'il continuait à sourire. Il semblait que cela l'amusait beaucoup, cette curiosité toute féminine. Daniel par contraste était silencieux, et Hubert essayait de garder son chien immobile, alors que ce dernier n'en avait aucune envie.

Dans la voiture derrière eux, Colin et Hannelore avaient eux aussi une conversation.

- Qu'est-ce que tu penses de la mariée ? demanda la jeune femme à son mari

- Que veux-tu que je te dise, elle est jolie, et j'ai l'impression qu'il est amoureux d'elle, et cela me semble réciproque. Donc je ne me fais pas trop de soucis pour lui.

- Hum, répondit Hannelore, j'espère que tu as raison.

- Bien sûr que j'ai raison, reprit Colin en souriant. J'ai l'impression qu'elle va pouvoir faire de lui ce qu'elle voudra, un peu comme toi avec moi

- Mais je ne fais pas ce que je veux de toi hélas, répondit Hannelore du tac au tac.
****
Lorsque le couple arriva enfin à son hôtel particulier, les domestiques attendaient déjà fébrilement la femme de leur maître. Luke présenta le personnel à sa nouvelle famille, et lorsqu'ils entrèrent dans la salle de bal, Elizabeth vit avec étonnement un quatuor à corde qui entonna le voce intimae en ré mineur de Jean Sibelius

Chacun s'assit autour des musiciens dans des fauteuils installés par les serviteurs Luke chuchota à l'oreille de son épouse :

- J'ai pensé que pour marquer notre mariage d'entendre de la musique, il parait que ça adoucit les mœurs, surtout qu'il est peu tôt pour se mettre à table.
Elizabeth sourit à son mari. Décidément Luke savait la surprendre, et cela augurait une vie pleine de surprises.

Chapitre douze :

Au bout d'un moment, Elizabeth se rendit compte que Colin et Hannelore n'était pas venus, elle se tourna vers Luke et lui demanda dans un murmure :

- Ou sont tes amis ?

Luke se pencha vers elle, et répondit :

- Ils viendront un peu plus tard, ils sont partis chercher leurs enfants.

Elizabeth fut un peu étonnée. Elle n'avait pas pensé que le couple ait des enfants. Après tout, cela était normal pour un couple, mais elle n'avait vu que la beauté de la jeune femme, elle n'avait pas pensé qu'en réalité elle était une épouse et une mère. Une pensée en entrainant une autre, elle se demanda si elle-même aurait des enfants. Du coin de l'œil elle observa son mari. Ce dernier lui avait pris la main qu'il gardait dans la sienne. Et puis elle pensa à la façon de faire les bébés. Elle baissa la têtc de peur qu'on ne vit comment elle rougissait.

Elle s'était déjà posé des questions sur ce sujet. A l'époque où elle était fiancée à Christopher, sa mère avait bien essayé de lui expliquer les mystères du lit conjugal, mais certainement que ce sujet la gênait, et la seule chose qu'Elizabeth avait compris, c'était que ça se passait dans la chambre des époux, que son mari saurait la guider, et que ça pouvait faire un peu mal, mais pas nécessairement, et qu'il se pouvait qu'il y ait un saignement, mais là aussi ce n'était pas sûr.

A nouveau la jeune femme regarda son mari, est ce qu'il allait lui expliquer ce qui allait se passer. Sûrement que cela devait être très embarrassant, pour que sa mère n'est pu aller au bout de ses explications. Pendant longtemps, elle avait cru que les enfants étaient conçus par les baisers que se donnaient les époux, mais en y réfléchissant, elle se rendait bien compte que c'était inepte. D'après les explications de sa mère, elle s'était dit que les hommes devaient tous connaître le secret de la procréation, et à ce moment-là elle se demanda si Daniel le savait.

Elle se dit que même si cela devait être très gênant, elle trouvera un moment pour le prendre à part et l'interroger. Quant à tante Irène, elle n'avait jamais été mariée, donc certainement qu'elle n'en savait pas plus qu'elle. Elle jeta un coup d'œil à son frère, qui semblait s'ennuyer. Elle ne put s'empêcher de sourire, car il lui semblait que la musique classique n'était pas vraiment sa tasse de thé. Hubert avait disparu, mais Elizabeth se dit qu'il devait être à l'office avec son chien. Irène s'était complètement immergée dans la musique, alors que Margaret semblait plutôt plongée dans la contemplation de James, qui lui par contre faisait semblant de rien.

Elizabeth se mit à sourire. Ah ! Les amours adolescentes. Elle se souvint que lorsqu'elle avait eu l'âge de sa sœur, elle avait été complètement amoureuse du précepteur de Daniel. C'était encore l'époque où son père faisait croire à tout le monde qu'il y avait encore de l'argent. La jeune femme soupira, comme tout cela semblait loin.

Luke écoutait la musique, mais ses pensées étaient aussi distraites. Il tenait la main de sa jeune épouse, mais il lui semblait que le temps s'étirait comme un élastique, il avait hâte d'être seul avec elle, de l'embrasser de la goûter, de la découvrir. Il mit une jambe par-dessus l'autre, car il sentait le désir qui avait commencé à poindre lorsqu'il l'avait vu à l'église, qui s'accroissait de plus en plus. Quelle idée il avait eue de se marier l'après-midi ? Il aurait dû s'arranger pour faire la cérémonie le soir, il aurait fait un dîner, puis ils auraient pu disparaître l'air de rien. A présent, il allait encore devoir attendre des heures et des heures avant de pouvoir décemment partir avec la mariée.

Il tourna la tête vers elle. Il lui semblait qu'elle avait rougi. A quoi pensait-elle ? Était-elle aussi impatiente que lui pour commencer leur nuit de noce ? Non bien sûr, les jeunes filles en fleurs ignoraient en général tout du désir et de la passion. Il se rembrunit. Il savait qu'elle avait été fiancée, est-ce que par hasard, cet ancien soupirant lui aurait appris plus qu'il pensait ? L'humeur de Luke refroidit un peu. Et puis les musiciens firent une pause. C'est à ce moment que le majordome fit entrer Colin et sa famille.

Elizabeth fut à nouveau surprise lorsqu'elle vit le petit garçon qui donnait la main à Colin. Il devait avoir quatre ou cinq ans, or Hannelore ne semblait pas si vielle que ça. Elle avait dû se marier très jeune songea Elizabeth. La jeune femme portait dans ses bras un bébé endormi. Margaret s'extasia assez vite sur la frimousse de la petite fille.

Hannelore s'assit près de la table ou les domestiques avaient préparé le thé, et la petite se réveilla en pleurnichant un peu.

- Elle s'est réveillée de sa sieste lorsque nous sommes arrivés, expliqua sa mère, Je pensais qu'elle sera alors de bonne humeur pour venir ici. Hélas, elle s'est rendormie pendant le voyage jusqu'ici, et quand on la réveille elle est un peu grognon.

La petite fille ressemblait à une de ces poupées de porcelaine avec ses boucles blondes ses yeux gris qu'elle devait tenir de son père, des joues roses et, une petite bouche boudeuse.

- Elle a quel âge ? Demanda Irène admirative

- Elle vient de fêter son deuxième anniversaire il y a quelques jours

- Et elle s'appelle comment ne put s'empêcher de questionner Margaret

- Liselotte répondit sa mère, mais nous l'appelons Lise pour faire plus anglais. Le petit garçon s'était approché de la jeune femme, et sollicitait lui aussi un peu d'attention.

- Et ceci est Anthony, c'est déjà un grand garçon, il va avoir six ans le mois prochain.

- Oh ! Vous avez dû être très jeune ne put manquer de s'exclamer étourdiment Margaret. Elle mit la main devant sa bouche, prête à s'excuser, mais Hannelore lui sourit, et dit tranquillement :

- Anthony n'est pas notre fils naturel, il est le neveu de Colin. Mais je le considère comme mon enfant autant que ma petite Lise.
Cette dernière se mit à sourire, et tendre les bras en voyant Luke. Ce dernier la prit des bras de sa mère, et la fit sauter en l'air, et la friponne riait

Plus tard, arrivèrent d'autres invités, des gens de la city qui faisaient des affaires avec Luke, leurs épouses, et quelques amis trié sur le volet. Un buffet fut installé dans la salle de bal, et le quatuor à corde laissait la place à un petit orchestre. Luke conduisit son épouse dans la salle de bal, et elle laissa échapper un cri de ravissement

- Mon Dieu Luke mais c'est merveilleux toutes ces fleurs, et cette nourriture, tu as réussi à organiser cela en si peu de temps ?

Luke se contenta de sourire, alors que l'orchestre en les voyants, entonna une valse. Il entraina sa jeune femme dans un tourbillon.

Après un moment, Luke resserra un peu son étreinte sur la taille de son épouse, et lui dit :

- Je voulais que le jour de notre mariage reste pour toi un bon souvenir, et surtout que ça sorte de l'ordinaire.

- Eh bien on peut dire que tu as réussi. En plus tu as fait des heureux, regarde Margaret comme elle semble contente que ton ami James l'ait invité à danser.

- C'est vrai que j'ai l'impression qu'il se passe quelque chose entre ces deux là

- Non Luke, certainement que ce n'est pas quelque chose de très sérieux, elle n'a que seize ans.

- Mais elle semble savoir ce qu'elle veut

- Pour le moment certainement, mais je pense que l'année prochaine lorsqu'elle fera son entrée dans le monde elle aura oublié cette passade.

Daniel lui aussi semblait heureux, il avait repéré une jeune fille de son âge, fille d'un homme d'affaire important, et avait réussi à lui demander une danse sans bégayer. Irène quant à elle avait pris place près du buffet. Elle regardait le spectacle de tout ce monde avec plaisir. Un grand poids lui était enlevé des épaules. Depuis la fin de la guerre, elle avait dû montrer un visage serein à toute occasion, malgré les difficultés qui étaient survenues depuis la fin de la guerre.

Quant à Hubert, les bals ne l'intéressaient pas du tout, il était descendu à la cuisine et écoutait les histoires que lui racontait la cuisinière, tandis que son fidèle ami rongeait un os devant l'âtre.

Colin et Hannelore étaient rentrés chez eux pour coucher leurs enfants. Mais furent de retour pour le bal. Alors qu'ils arrivèrent devant l'hôtel particulier de Luke, un autre véhicule s'arrêta, et un homme en sortit

- Milord quelle surprise ! S'exclama une voix.

Colin se retourna et reconnu l'inconnu qui les avait hélés

- Vous venez aussi pour le bal ? Demanda-t-il
- Oui, j'avais rencontré sir Farnsworth sur le chantier, et il m'a aimablement invité à venir, hélas j'ai été retardé, et me voilà. Je l'avoue je n'avais pas trop envie de me présenter alors que la fête a déjà commencé

- En ce cas, accompagnez-nous.

Lorsque le trio entra dans la salle de bal, Elizabeth était à bout de souffle, elle n'avait jamais autant dansé, elle prit un verre de champagne. Les bulles lui chatouillèrent le nez, et elle se sentait aussi légère qu'elles. Puis Luke dit :

- Ah ! Tiens Jenkins c'est quand même décidé à venir

Liz failli s'étouffer dans son verre. Elle toussa un peu avant de se tourner vers son mari et de demander

- De qui parles-tu ?

Du menton, Luke désigna le jeune homme blond qui venait vers eux accompagné de Colin et Hannelore.

- C'est un jeune architecte, il est très doué, je l'ai engagé pour rénover certains immeubles dont je viens de me rendre acquéreur. Je trouve qu'il faut donner leur chance à la jeune génération.

Elizabeth avait pâli. Elle avait reconnu sans l'ombre d'un doute le jeune homme en question. Ce dernier aussi semblait avoir reconnu la jeune femme, et pendant un moment il s'était arrêté comme s'il hésitait à venir.

- Puis je te présenter Christopher Jenkins lui dit Luke avec un sourire. Il remarqua bien la pâleur de sa compagne, mais le mis sur le compte de l'émotion de ce jour. Il se tourna vers le jeune homme et repris

- Voici mon épouse, Elizabeth Farnsworth

- Votre épouse !!! Bégaya presque Christopher

- Oui, depuis quelques heures.

Christopher fixa la jeune femme. Cette dernière avait pris sur soi, et tendit sa main vers cet homme qu'elle avait cru aimer dans une autre vie.

- Nous, nous connaissons déjà répondit-elle. Elle fut assez fière que sa voix ne tremblait pas.

- Heu ! Oui, bien sûr… Cela fait longtemps Liz

Cette fois ci Luke fronça les sous sourcils, il voyait qu'entre ces deux-là il y avait une histoire qui n'allait pas lui plaire. Il pinça ses lèvres, et se dit que cela n'avait pas été une bonne idée d'organiser ce mariage de cette façon. Il aurait dû, juste passer à l'église, puis rester en famille avant d'entrainer sa femme dans la chambre à coucher.
Margaret avait vu elle aussi Christopher entrer dans la pièce, mais au lieu de rester silencieuse et pâlir comme sa sœur, elle avait poussé un juron, et ses joues s'étaient rougis, non pas de gêne mais de colère.

- Qui y a-t-il demanda James

- Oh ! Le malotru comment ose-t-il. C'est l'ancien fiancé de Liz, il l'a laissé tomber comme une vieille chaussette en apprenant qu'elle n'avait pas de fortune. Il faut faire quelque chose.

James s'avança vers son ami. Il sentait la tension dans l'air, et pour alléger l'atmosphère, il invita la mariée à danser.

- Eh bien dit-il en souriant, on peut dire que vous avez eu beaucoup d'émotion aujourd'hui.

- Vous l'avez dit James, et j'ai bien peur que ce ne soit pas
fini.

Chapitre treize :

Mais la soirée continua sans éclat. Christopher réussi à s'éclipser, non sans se poser des questions sur son avenir, si jamais Liz décidait de le dénigrer auprès de son plus riche client, que pourrait-il faire ?

Luke avait ruminé un moment, mais en fin de compte il se dit qu'après tout Elizabeth était à lui, et alors que la soirée s'allongeait, il murmura à l'oreille de sa jeune épouse

- Il semblerait que c'est le moment ou les heureux mariés se retirent dans leur chambre, puis la prenant la main pour l'entrainer vers l'escalier. Elizabeth déglutit, elle suivit son nouvel époux. « Allons, du courage, se dit-elle, certainement que ce ne sera pas si terrible, si des milliers de femmes se soumettent à leurs maris, et ne s'en plaignent pas »

Pourtant arrivée devant la porte, elle resta immobile, trop de choses s'étaient passés ce soir. Le choc de revoir son ancien soupirant n'étant pas des moindres, et puis elle ne savait pas à quoi s'attendre. Elle n'avait pas réussi à voir Daniel tout seul, elle avait été trop omnibulée par le fait de montrer un visage égal pour cacher ses frayeurs.

- N'aie pas peur, chuchota Luke à l'oreille d'Elizabeth, puis il la souleva pour entrer dans la chambre.

Liz tremblait un peu, l'émotion lui serrait la gorge. Dès que Luke la remit par terre, elle se dirigea vers sa coiffeuse et joua du bout des doigts avec sa brosse. Que dire.

Luke enleva sa cravate, et la jeta sur un fauteuil, contrairement à ce que devait penser Liz, il était également nerveux, aussi se surprit-il à dire :

- Qui était cet homme pour toi ?

Pourquoi avait-il dit ça ? se demanda-t-il, lui qui avait voulu tranquilliser son épouse, avait l'impression qu'elle était encore plus tendue.

Elizabeth se mordilla les lèvres, puis regarda son mari dans le miroir de sa table de toilette.

- C'était mon ancien fiancé

Luke serra les poings, s'était pire que ce qu'il avait imaginé. Elle avait dû ressentir pour cet inconnu des sentiments puisqu'elle avait accepté de l'épouser. Et certainement pas pour l'argent comme c'était le cas pour lui. Il reprit avec une voix glaciale

- Tu étais amoureuse de lui

Pendant un moment leurs regards se fixèrent intensément l'un sur l'autre, dans le miroir de la coiffeuse, avant que Liz se tourne enfin vers son mari.

- Je le croyais du moins, j'étais jeune, je rêvais du prince charmant, j'avais envie de me marier, comme toutes les filles, il est entré dans ma vie avec des tas de promesses, il était si charmant que je n'ai pas vu combien il était vain, lâche, et ambitieux.

Luke soupira. Il ferma les yeux, essayant de se calmer. Il ôta sa veste et commença à défaire ses boutons de manchette. Elizabeth le regarda les yeux ronds. Elle sentait sa gorge se dessécher. Allait-il se déshabiller devant elle, et fallait-il faire de même ? Elle s'était attendue à ce qu'il se change dans une autre pièce et qu'il la rejoigne alors qu'elle serait déjà couchée.

- Et comment as-tu su qu'il était tout ça ? Demanda Luke en enlevant sa chemise

- Je…. Euh !

Luke leva la tête, et ne put s'empêcher de sourire en voyant la mine de sa femme. Elle avait les joues rouges, et semblait être pétrifiée telle la femme de Loth, changée en statue de sel. Voilà qui est bon signe se dit-il, donc elle n'a jamais vu un homme dévêtu.

- Oui ma chère que voulais-tu dire ? reprit-il en ouvrant les boutons de son pantalon

Liz se retourna d'un bon, et mit ses mains sur ses joues. Il allait vraiment le faire, Mon Dieu pourquoi ne pouvait-elle pas jouer les blasées et le regarder, ou du moins commencer à se défaire elle-même de sa robe de mariée.

- Il m'a laissé tomber le jour où il a appris que papa était ruiné. Liz baissa les yeux, elle sentait que ses mains tremblaient, et elle entendait les battements de son cœur dans ses oreilles.

Luke s'approcha et la pris par les épaules.

- C'est un imbécile. Mais je suis content qu'il ait fui, comme ça tu es toute à moi.

Elizabeth sentit dans son dos que Luke défaisait un à un les boutons de sa robe. Son souffle s'accéléra.

- Que fais-tu ?

- Je t'aide à te déshabiller, j'ai comme l'impression que tu ne pourrais pas le faire toute seule

Déjà il abaissa ses manches, et puis sa robe se retrouva en corolle à ses pieds. Elle regarda sur le sol, un peu hébétés de voir la soie blanche qui faisait comme une tache claire sur le tapi foncé de la chambre. Et puis elle sentit des lèvres dans son cou, et des mains qui glissèrent de ses hanches vers ses seins. Elle ferma les yeux et se laissa engloutir par le maelstrom d'émotions qui l'envahissait.

- Tu ne peux savoir comme tu me fais vibrer, lui murmura-t-il à son oreille

« Oh ! Si, j'en aie une vague idée » pensa-t-elle, car elle ne se sentait pas la force de le lui dire tout haut. Sa gorge était sèche, et elle avait du mal à rassembler ses pensées.
Et puis sans savoir comment, elle se retrouva sur le lit, et les mains de son mari continuaient à enlever ses vêtements, comme on effeuille une fleur. Elle gardait les yeux clos, elle

n'osait toujours pas regarder Luke en face. Elle rougit en sentant sa bouche sur ses seins. Elle ne portait plus que sa culotte. Lorsque Luke sema des petits baisers sur son ventre, et semblait descendre de plus en plus bas le long de son corps, elle ouvrit enfin les yeux.

- Mais que fais-tu ?

- Mm se borna-t-il à répondre en faisant doucement glisser le dernier vestige de sa pudeur le long de ses jambes

- Luke ! S'exclama-t-elle

Le jeune homme leva la tête, il avait l'impression d'avoir entendu une pointe d'effroi dans ce cri du cœur. Doucement il fit à nouveau glisser son corps nu sur celui de sa femme, en essayant de ne pas l'écraser, jusqu'à ce que leurs visages fussent à nouveau face à face.

- Je vais t'aimer

Elizabeth mordilla ses lèvres, elle ne savait pas quoi dire, et elle était troublées par toutes ces sensations nouvelles, et en plus elle aurait bien voulu comprendre ce qui lui arrivait, et aussi à quoi cela aboutissait.

- Comment ?

Luke fronça les sourcils

- Tu ne sais pas ? demanda-t-il surpris

- Non pourquoi le saurais, je n'ai pas la science infuse.

- Mais ta tante ne t'est pas expliquée ?

- Je te signale qu'elle ne s'est jamais mariée. J'avais bien l'intention de demander à Daniel, mais je n'ai vraiment pas eu l'occasion.

- A Daniel ???? Reprit-il d'un air de plus en plus surpris, mais pourquoi à lui, il n'est pas marié non plus finit-il d'un air un peu plus espiègle

- Euh, je pensais, c'est-à-dire…. Il me semblait que les hommes savaient de quoi il s'agit, hum… Enfin tu comprends

Luke rejetait la tête en arrière et se mit à rire à gorge déployé. Elizabeth fut un peu vexée, elle ne s'attendait pas à cette réaction

- Arête de te moquer de moi dit-elle en lui assenant un oreiller sur la tête

Mais Luke roula sur le dos et continua de rire, ce qui donna à Elizabeth un aperçu de son anatomie. Elle ne put s'empêcher de rougir en voyant le sexe de son époux. Luke la regarda, et son rire se changea en sourire. Il resta immobile, laissant à sa jeune épouse le temps de le contempler. Elle leva les yeux vers lui et ouvrit la bouche, mais aucun son ne sortit, elle était beaucoup trop gênée pour lui poser la question intime qui lui brûlait les lèvres

- Tu peux toucher si tu veux, la taquina Luke.

Si elle avait pu rougir plus, elle l'aurait fait.

Luke prit sa main et la posa sur l'endroit qui l'avait surpris. La peau était douce et mobile, La curiosité étant plus grande que son embarras, elle fut stupéfaite de voir que la chose prenait du volume dans sa main. Elle caressa le bout rond, elle voulut savoir jusqu'où cela ira. Puis elle entendit le gémissement de Luke, et lâcha l'objet de son intérêt.

- Je t'ai fait mal ?

Luke se rapprocha de sa femme et la pris dans les bras.

- Tu ne peux pas me faire de mal mon ange en me touchant à cet endroit, c'est pareil pour toi, et pour lui prouver ce qu'il avançait, il enveloppa de sa main le mont de vénus de Liz. Avant de commencer à la caresser.

- Mon Dieu ! S'écria-telle, et les sensations qu'elle avait déjà ressenties recommencèrent à la tourmenter.

- Ces deux endroits sont très sensibles, et ont besoin de se rejoindre pour fusionner, et pour ne faire plus qu'un.

Luke continua à la caresser, et l'encouragea d'une voix enrouée, à faire la même chose. D'abord elle ne comprit pas ce qu'il attendait d'elle, tellement elle était dans un autre monde, un monde rempli d'impressions tellement nouvelles, mais elle finit par concevoir que lui aussi voulait ressentir ces sensations, et elle se mit à le caresser.
Lorsqu'il entra en elle, elle sentit comme un pincement, puis une petite douleur. Elle oublia très vite cet inconvénient en se sentait transporter dans un autre univers.
Lorsqu'elle revint à la réalité, elle perçut le grand corps de Luke qui pesait sur le sien, et le souffle de son mari dans son

cou, comme s'il était essoufflé après avoir couru. Elle se sentait merveilleusement bien, heureuse, elle avait presque envie de chanter. Luke se poussa un peu, mais il continua de la serrer dans ses bras.

- Je ne t'ai pas fait trop mal ?

- Non. Je n'aurais jamais cru que cela se passait comme ça ne peut-elle s'empêcher d'ajouter.

Luke sourit, avant de demander :

- Ah ! Oui, et comment tu imaginais qu'on faisait les bébés ?

- Je n'ai pas vraiment réfléchis à la chose, mais j'ai toujours pensé qu'on devait s'embrasser

Cette fois ci Luke se mit à rire, avant de reprendre

- Voyons, tu es une femme intelligente, tu as vécu à la campagne tu as dû voir des animaux s'accoupler. Et puis tu as deux frères, tu aurais quand même dû avoir une petite idée non ?

Elizabeth se tourna vers son mari

- D'abord je ne regardais pas comment faisait les animaux, et puis comment mes frères aurait pu m'éclairer, je n'ai jamais vu Daniel sans vêtements et Hubert était encore petit, mais vraiment ce n'est pas du tout la même chose
Luke riait encore un peu, mais il ne put s'empêcher de lui faire remarquer

- Ma chère petite puritaine, nous grandissons tous

- Oui mais je n'aurai pas pensé que ce soit à ce point

Chapitre quatorze :

Il arrive un temps ou toute fille
Doit quitter sa famille
(Eglantine)

Elizabeth émergea doucement des brumes du sommeil. Elle se sentait bien dans le douillet cocon de son lit. Elle n'avait pas encore envie d'ouvrir les yeux, mais elle chercha à tâtons le corps de son mari. Elle sentit la place vide, et elle en fut déçue. Un petit soupir lui échappa. Cette nuit elle avait appris tellement de choses, et pas seulement sur Luke, mais sur elle-même.

Un timide soleil se faufilait entre les rideaux. Elle entendait au loin les bruits de la maison. De toute façon quand sa famille se trouvait quelque part, le silence n'avait aucune chance. Elle s'étira, et se dit qu'elle devrait se lever aussi. Un besoin pressent se faisait sentir, et puis son estomac lui aussi se rappela à elle. Et pourtant elle semblait habitée par une léthargie inhabituelle. Se lever, s'habiller et rejoindre le reste du monde ne la tentait pas, même si elle revoyait Luke par la même occasion. Elle rougit un peu, en se remémorant toutes les choses qu'elle avait fait avec lui. Un autre soupir lui échappa, avant qu'on ne frappe à sa porte. Elle n'eut pas le temps de dire quoi que ce soit, et la porte s'ouvrit. Irène y entra en tenant un plateau. Elle avait un grand sourire, et s'approcha du lit de sa nièce

- Bonjour Liz, as-tu passé une bonne nuit ?

Elizabeth allait s'asseoir, lorsqu'elle se rendit compte qu'elle était toute nue. Qu'allais penser sa tante ?
Cette dernière posa le plateau sur sa table de nuit, et se dirigea vers l'armoire

- Voyons que pourrais-tu mettre aujourd'hui

Elizabeth répondit

- Peu importe, tout en jetant un regard affolé autour d'elle pour voir dans quoi elle pourrait s'envelopper, pour cacher sa nudité. Ce n'est pas qu'elle était pudique devant sa parente, après avoir passé tant de temps à partager la même chambre avec elle et Margaret cela aurait été risible, mais après cette nuit Liz sentais une certaine pudeur.
Elle vit sur le tapis sa chemise, et la mit prestement tandis qu'Irène ramassa sa robe de mariée qui gisait toujours sur le tapis.

- Vraiment ma chérie tu devrais faire plus attention à tes affaires, une si belle robe.

Elizabeth avait pris le plateau, ou était juste posé une tasse de thé

- Juste une tasse pour mon petit déjeuner demanda-t-elle d'une voix ironique

- C'était juste pour te réveiller, tu n'es pas malade, donc je pense que tu vas descendre prendre ton petit déjeuner à la table de la salle à manger avec le reste de la famille.

- Luke… Euh… Est-il ? A-t-il déjà mangé ?

- Non, mais il s'apprêtait à le faire avec tes frères, c'est pourquoi j'ai estimé que je devais te secouer un peu pour que tu te lèves avant qu'on ne parte

Liz faillit s'étouffer alors qu'Irène posa des sous-vêtements et une robe sur le lit à côté de sa nièce.

- On part ? Mais où quand et pourquoi, je ne comprends pas ….

- Toi tu restes ici, c'est nous qui partons

- C'est vous qui partez, ne put s'empêcher de répéter Elizabeth hébétée

- Eh bien vois-tu, ton mari a encore quelques affaires à régler en ville, mais il a fait venir dans sa propriété à la campagne un professeur pour tes frères afin de les aider un peu avant que l'un n'aille à Eton et l'autre à Oxford

- Quoi !!!! Mais cela a été décidé quand ?

Irène prit la tasse des mains d'Elizabeth et la fit se lever

- Allez dépêche-toi, puis elle disparut aussi vite qu'elle était arrivée.

Elizabeth s'habilla en un tournemain. Elle voulait avoir le cœur net ;

Lorsqu'elle entra dans la salle à manger, elle entendit les rires, et les conversations. Et elle resta un instant immobile. Cela faisait très longtemps que sa famille était aussi joyeuse, et s'était à Luke qu'elle le devait. Elle soupira un instant, puis entra dans la pièce. Tous les visages se tournèrent vers elle. Et Luke se leva et vint à sa rencontre. Il lui donna un léger baiser sur la bouche, en disant

- J'espère que tu as bien dormis ?

Elizabeth regarda son mari dans les yeux, pensant y voir une lueur ironique, mais son regard était impassible comme d'habitude.

- Bonjour tout le monde se contenta-t-elle de dire

Luke lui avança sa chaise, et dès qu'elle fut assise, un valet vint lui servir une tasse de thé.

- Tu te rends compte Liz, nous allons vivre dans un manoir, et Comet pourra courir et il ne fera plus pipi partout.

- Ah ! Oui, tante Irène m'en a parlé, répondit Elizabeth d'un ton froid en regardant son mari. Ce dernier ne semblait pas s'en apercevoir, il était en train de manger une bonne portion d'œufs au bacon.

- Il vaut mieux que nous partions en avance, lui dit Irène tout en se beurrant un toast, il faudra que tu t'habitue à vivre ta nouvelle situation, de femme mariée.

- Ah ! Oui reprit la jeune femme, ma nouvelle situation

- Est-ce que tu es fâchée ? Demanda Hubert, la bouche pleine de flocons d'avoine au miel, chose qu'il n'avait plus mangé depuis longtemps, et dont il profitait à présent un peu trop gloutonnement

- Ne parles pas quand tu manges, tu risques d'avaler de travers, et ce n'est pas poli lui fit remarquer tante Irène d'un regard sévère

- Non je ne suis pas fâchée, je suis hors de moi répondit Elizabeth en posant sa tasse un peu trop brutalement sur la soucoupe

Tous les regards convergèrent vers elle surpris.

- Comment se fait-il que je sois la dernière au courant de votre départ ?

Daniel et Margaret parlèrent en même temps

- On voulait que tu ne penses à rien d'autre que ton mariage

- Nous n'étions pas surs que tu sois d'accord

- Mes enfants dit Irène en tapant dans les mains, je suggère qu'on laisse Liz et Luke seul, et il pourra lui expliquer. Les deux aînés ne se firent pas dire deux fois, et reculèrent leurs chaises pour sortir

- Ne sois pas trop dure avec ton mari lui dit Daniel en posant une main sur son épaule avant de sortir.
- Ça ne sera que pour quelque jour, ajouta Margaret en la serrant par les épaules avant de suivre son frère

Irène ne dit rien, mais dans son regard elle essaya de communiquer à sa nièce de la compréhension silencieuse, avant de saisir le bras de Hubert pour l'entrainer dehors. Ce dernier regarda son bol pas tout à fait vide avec mélancolie avant de suivre sa parente en trainant les pieds.

- Eh bien ma chère épouse, nous voilà seuls tous les deux dit Luke en posant son couvert sur son assiette avant de s'essuyer la bouche avec sa serviette

- En effet comme nous le serons ces prochains temps si j'ai bien compris répondit Elizabeth en mordant avec violence dans son toast recouvert d'une couche de marmelade de confiture. Elle avait trop faim, et puisque cette discussion se passait à table, elle ne voyait pas pourquoi elle ne pouvait pas en profiter pour manger.

Luke soupira en s'adossant à sa chaise, ce matin semblait commencer sous de mauvais hospices

- J'avais informé ta tante des dispositions que j'avais prises, lorsqu'elle m'a téléphoné. Mes affaires me retiennent encore ici, et je n'aurais pas pu me retirer encore à la campagne. Et j'ai pensé qu'après tout nous n'allons pas déjà nous séparer, juste après un jour de mariage

- Je comprends bien, mais ma famille aurait pu rester avec nous répondit sa jeune femme d'un ton boudeur, tout en beurrant un autre toast, car décidément après tellement de temps à manger des aliments de basses catégories, c'était un délice de manger de première qualité.

Luke pianota sur la table, avec impatience. Il sentait bien que sa jeune épouse allait lui donner du fil à retordre

- Elizabeth ma chère, comme l'a dit si justement ta tante, il vaut mieux que nous restions entre nous, pour débuter ce mariage, ta famille sera très heureuse dans mon manoir, et ce n'est pas comme si tu devais les quitter pour des mois, il ne s'agirait que pour quelques jours voire une semaine ou deux au maximum, jusqu'à ce que j'aie réglé mes affaires en ville.
Elizabeth ne dit rien, elle reposa son toast avec brusquerie sur la petite assiette et quelques et la confiture coula sur ses doigts.
Elle n'aimait pas que les choses se décident sans elle. Luke s'en rendit compte, mais comme il ne connaissait pas encore assez cette jeune épouse il ne sut quoi dire et se contenta de reprendre le journal et de s'y cacher derrière.

Il y avait beaucoup de monde dans la gare de King's Cross, des voyageurs qui venaient de loin, jusque de l'Écosse pour certains, d'autres qui venait juste à Londres pour la journée afin de faire les magasins, et puis ceux qui partaient. Le vent soufflait entre les wagons, et faisait s'envoler sur le quai des papiers oubliés, et des chapeaux qu'on avait négligé de retenir. Luke et Daniel aidés d'un porteur, montaient les bagages dans leur compartiment. Hubert sautait de plaisir, pour lui tout ça c'était une aventure. Comet par contre gémissait et tremblait dc tous ses membres dans son panier posé sur le quai. Elizabeth regardait la tache humide qui se formait sous lui

-Tu lui as donné à boire ? demanda-t-elle son frère

Hubert s'arrêta de sautiller. Il regarda sa sœur d'un air innocent.

- Mais non bien sûr, puis il s'empara de l'habitacle de son ami et grimpa sur le marchepied pour entrer dans le wagon. Elizabeth secoua la tête d'un air désolé.

-Ne t'inquiète pas, je vais mettre du papier journal sous son panier lorsqu'on sera à l'intérieur, et certainement que cette mare ambulante va s'endormir quand le train aura pris de la vitesse, lui dit Margaret d'un ton plein d'entrain. D'ailleurs je vais de ce pas m'en occuper. Elle grimpa derrière son frère, et Elizabeth se retrouva seule avec sa tante.

- Écoute ma chérie, je sais que tu es fâchée qu'on ait décidés tous cela derrière ton dos, mais je te connais, tu aurais trouvé des tas d'excuses pour venir avec nous, ou alors pour qu'on reste en ville jusqu'à ce que Luke ait réglé ses affaires.

- N'empêche que j'ai l'impression que ma vie m'échappe, et je n'aime pas ça.

- Mais tu es mariée maintenant, il te faut un temps d'adaptation. Pendant ces quelques jours tu t'habitueras à Luke, et lui à toi, et lorsque vous viendrez nous rejoindre tu verras les choses d'une façon plus positive.

Liz ne put s'empêcher de répondre :

- Je n'en suis pas si sûr.

A ce moment Luke sauta sur le quai, et les autres le suivirent. Au loin on entendait le chef de gare crier « en voiture mesdames et messieurs, le train va partir.

Elizabeth embrassa sa famille, avant qu'ils ne montent tous dans le train. Les portières claquèrent, la fenêtre de leur compartiment s'ouvrit, Hubert se penchait dehors pour saluer sa sœur et son beau-frère, Irène fit voleter un mouchoir blanc, et le train se mit en marche ?

Elizabeth contempla pendant un long moment comment la machine à vapeur entrainait derrière elle ces voitures chargées de voyageurs, qui s'en allait au loin. Une humidité insidieuse commençait à se former sous ses paupières. Elle cligna des yeux, elle voulait être forte. Un mouchoir se tendit vers elle, et elle tourna la tête pour voir le visage de son mari.

-Voyons ma chère, ils vont juste à la campagne, ils ne partent pas à la guerre, et ce n'est pas pour toujours

Elizabeth pinça les lèvres, elle ne prit pas le carré de lin que lui tendait Luke, elle avait envie de taper du pied et de crier comme une poissonnière. Elle se reprit, et grogna entre ses dents :

- Je sais, je sais. Puis elle se retourna et partit d'un pas martial. Luke soupira. Ça commençait bien. En tous cas à présent il savait que sa petite épouse qui lui avait semblé si parfaite ; avait son petit caractère.

Elizabeth avait besoin de marcher, et surtout de s'éloigner de son tout nouvel époux. Elle ne vit pas la malle qui était rangé au bout du quai, la rage l'aveuglait. Elle trébucha, et pus reprendre son équilibre in extremis. Mais son sac à main tomba par terre, et son contenu s'étala sur le sol en béton.

- Oh ! Non s'exclama-t-elle avant de s'agenouiller et de ramasser ses diverses affaires.

- Ceci est à vous, dit une voix masculine, en lui tendant un poudrier qui avait roulé un peu plus loin et que l'étranger avait ramassé. Elizabeth leva la tête et vit un homme d'un certain âge lui tendre l'objet. Avant qu'elle ne puisse dire quelque chose elle entendit la voix glaciale de Luke

- Que fait tu là Réginald ?

Chapitre quinze :

L'étranger leva la tête, et un sourire ironique se forma sur ses lèvres.
Elizabeth frissonna, elle avait l'impression que l'atmosphère s'était refroidie de quelques degrés. Les deux hommes se regardaient en chien de faïence, lorsque l'inconnu répondit :

- Mais je suis de retour en ville pour la saison, Ne veux-tu pas me présenter à ta charmante compagne ?

Luke ne répondit pas il tira Elizabeth vers lui comme s'il essayait de la protéger

- Ne t'approche pas de nous, reste aussi loin que possible, sinon….

L'autre ricana, puis ses yeux se mirent à luirent d'un regard glacial il demanda

- Sinon quoi ? Que voudrais-tu faire ?

- Il vaut mieux que tu n'essayes pas de le savoir, car je ne répondrai plus de moi.

Il prit le bras de sa femme, et l'entraîna hors de la gare. Elizabeth les suivis hébétés, elle avait du mal à rassembler ses pensées. Qui était cet inconnu, et quel rapport y avait-il entre lui et Luke.

Luke ne desserra pas les dents pendant qu'ils rentraient à la maison. Il conduisait la voiture lui-même, et Elizabeth observa qu'il serait le VOLANT si fort que ses jointures étaient blanches. La jeune femme se mordilla les lèvres, la curiosité l'étouffait, elle avait vraiment envie de savoir qui était ce Réginald, et pourquoi Luke était en colère contre lui. Ce n'était certainement pas un concurrent, il ne l'aurait pas appelé par son prénom, donc il devait certainement s'agir de quelqu'un de familier. D'un ancien ami, ou d'un camarade de guerre. Liz s'imaginait déjà toute une histoire ou il était question de batailles, et de trahison. Que c'était-il réellement passé ? Nul doute que si elle avait été mariée depuis plus longtemps, elle aurait osé lui poser la question, mais là, en ce moment elle n'osait pas encore, d'une part parce qu'elle ne savait pas comment il allait réagir, et d'autre part parce que cet homme froid assis à côté d'elle lui semblait un étranger. Ou était passé celui qui l'avait tant charmé ?

La voiture s'arrêta devant le perron. Le majordome avait dû les entendre venir, car il sortit de la maison et ouvrit la portière pour faire descendre La jeune femme. Luke ne bougea pas, il devait encore ruminer dans son coin cette rencontre inattendue.

Elizabeth monta les marches, quand elle entendit la voiture redémarrer. Elle regarda le véhicule s'éloigner la bouche ouverte tellement la surprise était grande. Elle n'aurait jamais pensé que Luke puisse avoir l'impolitesse de la laisser en plan pour s'en aller sans rien dire. Elle pinça les lèvres, et entra dans la maison. Elle enleva ses gants, puis son chapeau qu'elle tendit au majordome, puis son manteau et annonça au serviteur :

- Je vais dans ma chambre si jamais Monsieur revient.

Puis elle partit d'un pas martial qui ne ressemblait certainement pas à celui d'une dame.
Elle fulminait. D'abord cette histoire avec sa famille qu'il avait décidé d'éloigner en catimini sans lui en toucher un mot, puis voilà qu'il la laissait en plan devant le majordome, sous peine de déclencher pas mal de cancans parmi les domestiques.
Elizabeth claqua la porte de sa chambre, elle lança son sac à main sur le fauteuil près de la fenêtre, et se jeta sur son lit. Elle se rendit compte que ce dernier avait été fait, que toutes les affaires qui avaient traînés étaient à présent rangés. Il y a une semaine à peine, elle aurait dû s'en charger elle-même, et voilà qu'à présent les domestiques passaient derrière elle pour ramasser ses affaires. Elle rougit en peu en pensant à ses sous-vêtements qu'elle avait laissés sur le sol, là ou Luke les avaient jetés négligemment lorsqu'il l'avait déshabillée. Liz soupira, elle se demanda vaguement si Luke avait ramassé les siens pour les rapporter dans sa chambre ou si la soubrette avait aussi dû les ramasser
La jeune femme soupira. Pourquoi se prendre la tête avec ces futilités, quand d'autres questions se bousculaient dans son esprit. Où avait bien pu aller Luke, et quand serait-il de retour ? Et puis comment allait-elle remplir ces journées, alors qu'elle n'était pas habituée à rester oisive. Elle se releva, et tendit machinalement le couvre lit afin de le remettre en place. Elle alla s'asseoir devant son miroir, et se regarda.

- Que vais-je faire en attendant que mon cher et tendre revienne ? Demanda-elle à son reflet. Allons, il ne servait à rien de se cacher, elle allait descendre, sonner un valet et se faire servir un brunch, midi allait bientôt sonner, et elle commença à avoir faim. Qu'importe si son volage de mari ne fut pas là, elle n'allait pas se laisser indigner pour si peu.

Luke fit le tour du quartier, puis revint ranger la voiture devant la maison. Il resta un moment immobile. Il se rendait compte qu'il s'était conduit comme un mufle. Déjà que sa toute nouvelle épouse ne devait pas avoir une bonne opinion de lui après avoir pris une décision derrière son dos, voilà qu'il l'abandonnait sans un mot. Il jura entre ses dents. Et sortit de son véhicule. Cette fois ci le majordome ne fut pas aussi rapide, et le vieux serviteur arriva seulement au moment où Luke enleva son chapeau.

- Ou est madame ? Demanda Luke d'un ton dégagé. En se demandant in petto ce que les domestiques devaient bien penser de ça.

- Elle est dans la petite salle à manger.

Luke fut un peu surpris, il s'attendait que sa toute nouvelle épouse se soit barricadée dans sa chambre.

Il se dirigea à grand pas vers la pièce où se trouvait Elizabeth. Il resta un moment immobile sur le pas de la porte, et contempla sa femme qui s'était assise à table, attendant certainement une collation. Elle regardait par la fenêtre et semblait perdue dans ses pensées. Certainement qu'elle se demandait si elle n'avait pas commis la plus grosse erreur de sa vie en l'épousant. Il s'avança et se racla la gorge afin d'attirer son attention. Elizabeth tourna la tête vers lui, et lorsque leurs regards se croisèrent, il avait l'impression d'y voir des éclairs de colère. Mais cela ne dura que l'espace d'un instant, car à nouveau elle regarda ailleurs. « Bon ça ne va pas être facile » se dit Luke

- Puis je me joindre à toi ?

Elizabeth se pinça les lèvres, elle ne le regarda toujours pas, elle semblait absorbée par la contemplation d'une nature morte. Mais elle répondit entre ses dents

- Tu es chez toi.

- Tu boudes ?

Cette fois ci la jeune femme se tourna carrément vers lui, l'expression de son visage ressemblait au début d'un orage.

- Non je ne boude pas, lança-t-elle à son mari, Je suis en colère, et j'essaye de me contenir.

- Pourquoi ? Demanda aimablement Luke d'un ton intéressé Elizabeth se leva d'un bond, les mains sur les hanches elle toisa Luke.

- Tu me le demande, alors que depuis ce matin tu m'as traité comme une…. Les mots lui manquaient.

- Non, je comprends bien que tu sois en colère, ce que je te demandais, c'est pourquoi tu essayes de te contenir ?

Une certaine dose d'incrédulité se refléta dans les yeux de la jeune femme

- Pourquoi je me retiens ?... Mais si je me laissais aller, je te jetterais quelque chose à la tête, et je n'ai pas envie le premier jour de mon mariage de faire jaser le personnel.

Luke sourit. Il aimait le tempérament de la jeune fille, et il se rendait compte qu'il aurait été déçu si son épouse avait pris tous ces évènements avec calme et dignité.

- Vas-y, je l'ai bien mérité.

Elizabeth se laissa choir sur sa chaise, et Luke s'assit en face d'elle. Elle voulut lui dire quelque chose, mais la porte s'ouvrit et Ned entra en poussant un petit chariot ou était posé le repas des jeunes mariés.
Pendant quelques instants, on n'entendait plus que le cliquetis de la vaisselle. Et lorsque les plats se retrouvèrent sur la table, Luke dit à Ned qu'il pouvait les laisser.
Quand la porte se referma derrière le fidèle serviteur, Luke reprit comme si de rien n'étais

- Alors qu'as-tu envie de me lancer à la figure, peut-être un verre de bordeaux, ou alors ce plat de pâtes, où est ce que je mérite encore pire, ce vase avec les roses en sus ?

Elizabeth soupira.

- Je n'ai pas l'intention de gâcher un bon vin, de la nourriture, et surtout pas ces roses, qui ont dû couter les yeux de la tête à cette époque de l'année. Ce que je veux, c'est une explication à ton comportement.

Luke regarda son assiette, il savait bien qu'il devrait s'expliquer auprès d'elle, mais il ne savait pas comment commencer. Il entreprit de se servir, espérant retarder l'explication redoutée.

- Luke qui est Réginald ?

Son mari soupira, puis se versa un verre de vin avant de s'adosser à sa chaise.

- C'est mon frère.

- Mais je pensais que…. Commença Elizabeth

Luke fit la moue, avant de prendre une gorgé de vin. Il aurait eu besoin d'un alcool plus fort, mais cela lui permit de reprendre contenance.

- Il faut d'abord que je commence par le début.

Il commença à manger, avant de continuer

- Mon père était le huitième marquis de Blakemore, j'ai grandi dans le vieux château familial plein de poussières et courants d'air. Comme ses ancêtres, mon père négligeait de travailler, et dépensait sans penser à demain. Les femmes, l'alcool, et les parties de cartes, on fait petit à petit diminuer les revenus. Les domestiques qu'on ne payait pas s'en allaient, et la bâtisse qu'on n'entretenait pas tombait peu à peu en décrépitude. Ma mère est morte alors que je n'avais que quelques mois, mon père se plaisait à me dire que je l'avais fait mourir prématurément car elle ne s'était jamais remise de ma naissance.

- Comment un père peut-il dire une chose pareille, l'interrompit Elizabeth

Luke sourit, il aimait bien l'idée que sa femme prenne sa défense.

- Mon frère Réginald a dix ans de plus que moi, il avait toujours été le préféré de mon père, peut-être parce qu'il lui ressemblait le plus, et qu'ils se comprenaient comme larrons en foire, ce que pour ma part je n'ai jamais fait.

- Non je ne pense pas que tu aurais laissé se dégrader ta maison.

- En tout cas, mon frère prenait du plaisir à faire du mal, d'abord avec les animaux, je t'épargnerai les détails de ce qu'il faisait subir aux chats chiens et plupart ses chevaux. Heureusement qu'on m'avait envoyé à Eton, donc j'avais pu fuir cet endroit détestable. Après Eton j'entrai à l'université d'Oxford, et c'est après le premier semestre de vacances alors que je rentrai chez moi, que j'appris que Réginald s'était marié. Lorsque je fis la connaissance de son épouse, je fus atterré. C'était une créature frêle et timide, elle était à peine plus jeune que moi, et elle avait une peur horrible de son mari. Ce dernier s'amusait à la maltraiter, à la rabaisser et mon père ne voyait rien. Il faut dire que déjà à cette époque l'alcool avait fait des ravages.

- Mais pourquoi l'a-t-elle épousé grand Dieu ?!

- Mais parce qu'elle n'avait pas le choix, dans notre milieu, on se marie pour de l'argent ou pour un titre parfois pour les deux. Ici c'était donnant, donnant, elle devenait future marquise, et mon frère obtenait un bon pactole. En tout cas je l'ai surpris alors qu'il la battait, j'ai pris sa défense, et il y eu une dispute homérique, nous en sommes venus aux mains.

- Je ne comprends pas comment des parents laissent leur fille épouser des monstres pareils.

- Ma chérie, Réginald est un très bon acteur, il a dû faire la cour à la petite comme un vrai gentleman. Il a dû promettre des monts et des merveilles à sa belle-famille afin de mettre la main sur la dot importante que rapportait sa jeune épouse. En tout cas, sa nature tendre et fragile éveillait de plus en lui ses instincts sadiques, et son côté obscur. Je craignais le pire pour elle une fois que je serai repartit à Oxford, aussi lui ai-je proposé de fuir avec moi, je voulais la ramener chez elle, la mettre à l'abri.

Elizabeth se pencha par-dessus la table et posa sa main sur celle de son mari. Elle lisait dans son regard combien les souvenirs de cette époque étaient douloureux pour lui.

- Je trouve que c'était très courageux de ta part.

Luke la regarda d'un air ironique

- J'étais un jeune idiot oui

- Pourquoi ? Tu ne vas pas me dire qu'il n'aurait pas fallu que tu aider ta belle-sœur ?

- Non bien sûr, mais j'aurai dû le faire d'une façon plus réaliste.

- Il s'est passé quelque chose, n'est pas ?

Luke serra les dents, comme chaque fois qu'il pensait à cette nuit tragique. Jamais aussi longtemps qu'il vivrait, il ne pourrait effacer de sa mémoire les images dramatiques qui s'étaient déroulés.

- On peut dire ça

Un silence se fit. Elizabeth sentait bien que Luke n'avait aucune envie de parler de cet incident, cela lui était certainement trop douloureux

- Luke dit moi ce qui s'est passé ce jour-là, et qui te poursuit maintenant encore

- Tu veux savoir comment j'ai réussi à tuer une innocente ?

Chapitre seize :

Personne ne peut changer le passé
Mais nous pouvons tous décider de nos lendemains
(Colin Powell)

Pendant un instant, le silence fut assourdissant. Elizabeth regarda son mari d'un air incrédule, elle n'en croyait pas ses oreilles.

- Je ne peux pas croire que tu aies tué une femme, c'est impossible.

- Et pourtant…. Luke poussa un soupir avant de continuer. J'avais décidé de partir par le dernier train du soir, j'avais acheté les billets à l'avance, et je savais que comme d'habitude mon père passerait la nuit ailleurs, et que mon frère était à la ville voisine à un combat de boxe. C'était le moment ou jamais. J'avais pensé prendre une vieille carriole tirée par un cheval, pour nous amener à la gare. Je n'aurai pas pu prendre autre chose d'ailleurs, nous n'avions pas assez de chevaux à l'écurie pour tirer le carrosse familial. Au début tout allait bien, mais la nuit tombait, c'était le début du printemps, et il faisait encore nuit assez tôt. Le vent soufflait, j'aurai dû faire demi-tour, je sentais bien qu'il y avait de l'orage dans l'air. Nous étions à mi-chemin de la ville, lorsque des sabots de chevaux me firent me retourner, et là je vis Réginald sur son étalon noir. Il nous poursuivait, J'aurai dû m'arrêter, trouver une autre solution, mais à la place je fouettais le cheval pour qu'il aille plus vite. Quel idiot, comment un cheval de traie pourrait aller plus vite qu'un étalon. Je me souviens qu'à ce moment-là il y eu un éclair, la bête fut prise de panique et partit à fond de train, il faisait sombre comme je l'ai dit, et même si j'avais deux lanternes pour nous éclairer, je ne voyais pas bien le chemin. Je ne sais pas contre quoi la carriole a cogné, en tout cas, la roue cassa, et elle tomba dans le ruisseau qui longeait le chemin. Iris fut projetée contre un rocher. J'entends encore son cri, puis plus rien. Moi j'étais enseveli sous la carriole, le cheval hennissait de peur, et j'entendais Réginald qui se rapprochait. Je crois que je me suis évanoui à ce moment-là.

- Oh ! Mon Dieu s'exclama Elizabeth, Quelle horreur… Et que s'est-il passé après ?

- Après, je sentais comme des cinglements sur ma peau, par la suite j'ai appris que Réginald fou de rage m'avait frappé avec sa cravache. Il m'aurait peut-être frappé à mort, si quelques paysans n'étaient pas arrivés à ce moment-là.
Iris était morte sur le coup, et moi dans un piteux état. Le lendemain mon père me chassa, il m'interdit de remettre les pieds chez lui, et m'annonça qu'il n'allait plus payer l'université pour moi. Je suis parti avec très peu de bagages. Il me restait heureusement assez d'argent, pour prendre le train et chercher refuge chez un de mes amis. Je pu rester chez lui pendant quelque temps, puis j'ai eu la chance de trouver un travail de secrétaire auprès d'un ingénieur qui construisait des avions.
Elizabeth se leva et marcha vers son mari. Luke aussi se leva sans y penser, parce qu'un gentleman ne doit pas rester assis devant une dame. Sa femme se jeta dans ses bras, en le serrant très fort

- Comme tu as dû souffrir,

Luke ne savait pas quoi dire, il se sentait comme groggy. Depuis toutes ses années, ils avaient gardé ce souvenir enfoui tout au fond de son âme, et à présent qu'il l'avait enfin sorti des confins de son esprit, il se sentait comme à bout de forces. Son cœur battait fort, il serra sa jeune épouse dans ses bras, et enfoui son visage dans ses cheveux. Quelque part il se sentait plus léger. Il prit son visage entre ses mains, et l'embrassa, il sentit comme une goutte d'eau qui coula sur sa joue. Il la regarda et demanda

- Tu pleures ?

Elizabeth cligna des yeux, mais elle secoua la tête

- Non, bien sûr que non

- Personne n'a jamais pleuré pour moi

- Je ne pleure pas, je suis seulement triste pour tous ce que tu as perdu ce jour là

- Si on y réfléchit, j'ai gagné plus que je n'ai perdu si on pense comme j'ai réussi dans la vie, mais je regretterais toujours la mort d'Iris

- Est-ce que tu as revu ta famille après cela ?

Luke eu un sourire amer

- Oui, lorsque mon père et mon frère eurent épuisé la dot, je commençais à faire fortune, un journaliste avait fait un reportage sur les nouveaux riches, et mon père a dû lire l'article, et un jour il se trouva devant mon seuil. Il ne vint pas pour mendier, il insista sur le fait que je lui avais couté beaucoup d'argent pour mes études.

- Quoi ?!! S'exclama Elizabeth, mais il est normal qu'un père dépense de l'argent pour les études de ses enfants, que lui a tu répondu

- Je lui aie dit que s'il peut me rapporter les factures de ce qu'il a dû payer pour Eton et pour mon premier semestre à Oxford, je lui rembourserais les frais, mais qu'il devrait me signer un reçu.

Elizabeth secoua la tête, cela lui semblait tellement froid tellement contre nature qu'elle n'arrivait pas à comprendre comment un père puisse demander de telles choses.

- Et après, est-il revenu ?

- Peut-être qu'il serait revenu, mais il est mort deux mois plus tard dans des circonstances plus que douteuses

- Comment ça ?

On l'a retrouvé mort dans le couloir devant sa chambre. Le médecin a déclaré qu'il avait eu un arrêt cardiaque, mais j'ai du mal à le croire.

Il jeta un coup d'œil à la table, puis il dit

- Il faudrait peut-être qu'on mange avant que ça refroidisse, sinon la cuisinière va donner ses huit jours si tout reviens intact à la cuisine.

Elizabeth se rassit, et se rendit compte qu'elle n'avait plus aussi faim qu'il y a vingt minutes quand elle s'était installée pour une collation. Mais ces années de diète forcée, lui avait appris à respecter la nourriture, elle se mit donc à manger machinalement.

- Pourquoi as-tu l'impression que la mort de ton père est mystérieuse ?

- Parce que j'ai rencontré un des rares serviteurs qui avait vu le corps, il m'a dit que les lèvres et les bouts des doigts étaient bleus. Je ne sais pas pourquoi le médecin n'a pas signalé le cas.

Elizabeth laissa tomber sa fourchette sur l'assiette

- Tu penses qu'il a été empoisonné ?

- Oui parce que je ne peux pas imaginer autre chose, il était comme d'habitude lorsque je l'avais vu la dernière fois. Bon j'avoue bien sûr que la vie qu'il menait l'aurait mené à sa perte tôt ou tard, mais il n'avait pas de problème de cœur, sinon cela fait belle lurette que la mort l'aurait attendue au tournant.

- Est-ce que tu as des soupçons demanda Elizabeth, en prenant son verre de vin

Luke coupa un morceau de rumsteck, puis répondit

- Qui sait, il y avait beaucoup de gens qui lui en voulait, c'était un homme égoïste qui vivait pour ses plaisirs. Certainement qu'il avait beaucoup d'ennemis.

Pendant un moment on entendit que le cliquetis des couverts, chacun était plongés dans ses pensée.
Puis au bout d'un moment, Elizabeth demanda :

- Est-ce que tu as revu ton frère depuis ?

- Tu veux dire à part aujourd'hui à la gare ? Non je ne l'ai pas revu, contrairement à père, il n'est pas le genre à venir me demander de l'argent, son orgueil démesuré ne le permettrait pas. En tout cas je pense que lorsque mon argent fut dépensé, il se remaria.

- Oh ! Mon Dieu, la pauvre femme.

Luke eu un sourire ironique

- Cette fois ci tu n'as pas besoin de la plaindre, en lisant l'annonce du mariage dans le Times, j'ai eu la même réaction que toi, et j'ai engagé un détective privé afin de faire des recherches sur la jeune mariée. Et il s'avéra que cette fois ci il ne s'agissait nullement d'une jeune fille à peine sortie des jupes de sa mère, mais d'une veuve très fortunée.

- D'accord, je veux bien croire que la deuxième épouse ne fut pas aussi fragile que la première, mais si ton frère est un violent, elle devait fatalement aussi souffrir de la brutalité de son époux.

- Non, je ne pense pas, cette femme était du genre très rusée, d'après ce que j'ai appris. Elle avait réussi à prendre dans ses filets un homme très riche, et très vieux qui aurait voulu un héritier, mais il est mort avant d'avoir atteint ce but. Fort de la richesse de feux son mari, la dame décida qu'il lui manquait juste un titre.

- Oui mais elle ne doit pas être aussi rusée que cela, puisqu'elle a choisi ton frère.

Luke fronça les sourcils avant de répondre

- C'est vrai, je n'avais pas pensé à ça. Mais en tout cas, Réginald n'a pas réussi à la terroriser, mais il a quand même réussi là ou l'ancien mari a échoué. Il a eu un héritier.

- Pauvre enfant.

- Je ne pense pas vraiment qu'il le brutalise, il ne l'a pas vraiment fait avec moi quand j'étais jeune.

- Oui, mais c'est autre chose, comme il y avait une grande différence d'âge entre vous, vous n'étiez peut-être pas souvent ensemble, lui avait surement suivi comme toi les cours à Eton, puis à Oxford, et lorsqu'il est sorti de l'université, c'était toi qui n'étais plus à la maison.

Luke se frotta le menton

  Oui c'est possible. Mais je ne pense pas que Réginald soit trop dur avec le garçon, car il tient à le garder en vie, et certainement qu'il veut le former à son image.

Elizabeth s'accouda sur la table en prenant son menton dans sa main. Elle semblait réfléchir à tout ça.

- Si ton frère est un si grand viveur, égoïste et ne songeant qu'à ses plaisirs, comment peut tu croire qu'il se souciera d'un enfant.

- Parce qu'il y a une chose que nous avons en commun

- Ah ! Oui

- Oui, nous ne supporterions pas que l'autre puisse profiter un tant soit peu de notre mort.

- je ne comprends pas.

Luke prit la bouteille et voulu d'abord servir sa femme qui secoua la tête pour dire qu'elle avait assez bu, avant qu'il ne remplisse son verre. Il but une gorgée, puis il posa le verre et regarda Elizabeth.

- S'il venait à disparaitre, le titre et ce qui reste du domaine des marquis de Blakemore, me reviendrait automatiquement s'il n'avait pas un héritier. De même si je venais à mourir sans avoir fait de testament tout lui reviendrait en tant que plus proche parent, mais à présent c'est toi ma plus proche parente.

- Oui cela explique pourquoi tu étais tellement pressé de te marier. Mais tu aurais pu faire un testament donnant tes biens à quelqu'un d'autre.
Luke posa les coudes sur la table, et croisa les doigts au-dessus de son assiette.

- C'est exactement ce que James m'avait dit. Mais hélas ce n'est pas si simple. J'ai effectivement fait un testament qui est déposé dans l'étude de mon notaire, mais j'avais appris il y a peu qu'il y a eu un cambriolage.

- Tiens pourquoi tu n'as pas confié ton testament à James qui est ton avocat ?

- Parce qu'il était mon légataire universel, répondit Luke d'une voix amusée

- Oh ! s'exclama Elizabeth dans un murmure.

- Je n'avais pas vraiment envie je te l'avoue, de léguer tous mes biens à des organismes de charité. Une bonne partie oui, mais pas le tout. J'ai laissé aussi quelques-unes des actions de la société d'aviation et un immeuble à Colin, mais il est déjà très riche et n'en a aucun besoin.

- Et James, il n'est pas riche ?

- Il est aisé, mais sa richesse viendra certainement, il sait se débrouiller fort bien dans son métier, et il est l'héritier de son grand-oncle le comte de Blekinge.

- Si tout était réglé, pourquoi alors vouloir se marier si vite avec une inconnue, et ne pas prendre ton temps à chercher dans ton milieu une femme adéquate ?

Luke poussa un soupir, il reprit une gorgée de vin, puis s'adossa au dossier de sa chaise.

- Après avoir entendu parler de ce cambriolage je me suis dit que mon frère était bien capable de payer des sbires afin de faire disparaitre mes dernières volontés. Il fallait donc à tout prix l'empêcher de sévir, en me mariant, et ainsi à le mettre hors course. J'ajouterai que tu es une femme adéquate.

- Je comprends, mais si tu venais à mourir même si je suis ta plus proche parente, lui aura peut-être aussi des droits sur ta fortune.

- Je ne pense pas, en tout cas, je n'ai pas l'intention de mourir, j'ai plutôt l'intention de vivre et de te faire l'amour très souvent.

Elizabeth rougit un peu avant de demander :

- Et qu'en est-il de la femme de ton frère,

- Elle est morte il y a quelques années, elle est tombée d'une falaise répondit Luke d'un ton ironique.

Chapitre dix-sept

L'amitié double les joies
Et réduit de moitié les peines
(Francis Bacon)

Elizabeth s'ennuyait, Luke était parti car il avait un rendez-vous d'affaire, et elle se sentait frustrée. Après les confidences que son mari avait faites, elle avait pensé qu'entre eux, une nouvelle complicité pouvait naître. Encore aurait-il fallu que son époux reste à la maison. Elle soupira, en regardant par la fenêtre.

Elle s'était retirée dans sa chambre après que Luke s'était excusé auprès d'elle, lui donnant un baiser rapide sur la bouche, et déjà il avait disparu, comme un courant d'air. Elizabeth soupira à nouveau. Elle se sentait inutile, sa famille était loin, et voilà qu'elle se trouvait désœuvrée. Elle repensa à tous ce que son mari lui avait racontés, et elle se demanda si sa réflexion sur la mort de sa deuxième belle-sœur cachait autre chose, un autre meurtre par exemple. Elle secoua la tête, elle ne pouvait pas croire qu'il y ait eu des meurtres en Angleterre sans que personne ne s'en rendit compte, la police certainement aurait enquêté s'il y avait eu le moindre doute sur la mort de cette femme. Non certainement que les évènements dramatiques qu'avait vécu Luke lui faisait voir des choses qui n'existait pas. Elle se leva du fauteuil où elle s'était installée, et décida de sortir elle aussi.

Que diantre, il fallait bien qu'elle trouva une occupation, ce n'étais pas bon du tout de restée enfermée comme ça à ruminer de sombre pensées. A ce moment-là, on frappa à la porte, et Liz ayant répondu d'entrer, Gladys la bonne pénétra dans la chambre.

- Etes-vous à la maison madame, il y a lady Falmouth qui désire vous voir.

- Hannelore ! S'exclama Elizabeth, et sans attendre, elle sortit en courant.

Elle aurait dû, elle le savait demander à la bonne de conduire la visiteuse dans le salon, et l'y rejoindre dignement comme il convient à une dame, mais elle n'était pas une dame, et n'avait aucune envie de l'être.
Elle descendit deux par deux les escaliers, et avec un grand sourire, accueillit la jeune femme blonde qui l'attendait.

- Comme je suis contente de vous voir s'écria-t-elle.

- Eh bien, ravie de voir que j'ai eu une bonne idée en venant ici. Je voulais vous proposer une promenade au parc, avec votre famille, je savais que Luke ne sera pas là, il doit être en ce moment à une réunion avec Colin.

- Ma famille a été envoyée à la campagne, vous devrez vous contenter de moi. Mais laissez-moi juste le temps que je mette un manteau et un chapeau, et je suis à vous.

Bientôt les deux jeunes femmes se retrouvèrent dans la rue.

- Ou avez-vous laissé vos enfants ? Demanda Elizabeth.

- Ils sont déjà au parc, je ne voulais pas venir avec toute la smala.

Les deux femmes descendirent les marches du perron, et marchèrent d'un bon pas.

- Vous allez vous ennuyer si votre famille est partie à la campagne, car il me semble que ces prochains, jours Luke va être très pris.

- Figurez-vous, que justement Luke a décidé derrière mon dos d'envoyer les miens dans son manoir du Devon, pour que nous puissions mieux nous connaitre.

- Tiens donc ? Mais d'une certaine façon je peux le comprendre, vous êtes des jeunes mariées, il a surement envie de vous avoir pour lui tout seul.

- Mais s'il a des réunions d'affaire, comment peut-il me voir, et à quoi puis je occuper mon temps libre, je vous demande un peu railla Elizabeth.

- Hum, oui vous avez raison, mais ne vous en faites pas, peut-être qu'il expédiera ses réunions d'affaires en un temps record pour pouvoir vous rejoindre aussi vite que possible.

- On peut toujours espérer répondit ironiquement Elizabeth Hannelore ne répondit pas. Elle ne savait pas quoi dire pour ne pas prendre partit ni pour l'un ni pour l'autre. Elle soupira.

Si elle avait pu parler dans sa langue maternelle, certainement les mots lui seraient venus plus facilement à la bouche afin d'apaiser Elizabeth. Cette dernière regrettait un peu de s'être laissé aller. Alors que chacune de son côté essayait vainement de trouver quelque chose à dire, elles arrivèrent en vue du parc. Hannelore retrouva des réminiscences.

- Je me souviens la première fois que je suis allée dans ce parc, je venais d'arriver à Londres, tous les anglais me regardaient de travers dès que j'ouvrais la bouche, et j'y ai découvert ma petite chienne, seule et abandonnée.

Elizabeth regarda la jeune femme. Elle ne pouvait pas croire que quelqu'un pût la regarder de travers, elle était tellement belle et rayonnante.

- Je l'ai appelé Mädchen

- Qui ?

- Mais ma chienne.

A peine avait-elle fini d'en parler qu'une petite boule blanche déboucha du chemin et se mit à sauter sur les jupes d'Hannelore. Cette dernière se baissa pour caresser le petit animal et pour lui faire des câlins. Elizabeth se mit à sourire, elle comprenait très bien que parfois dans la vie, les animaux étaient les seuls êtres à qui on pouvait faire confiance. Déjà un petit garçon couru vers elles.

- Maman, maman, on peut faire voler le cerf-volant, maintenant que tu es là

- Doucement Anthony, doucement. La nourrice une petite rouquine, arriva d'un pas un peu plus mesuré en poussant devant elle un volumineux landau.

- Bah ! Dit la petite fille en tendant ses petites menottes à sa mère, qui la prit dans ses bras.

Elizabeth soupira. Elle avait envie de retrouver sa famille. Quelques temps après elle courait avec Anthony et son cerf-volant, et le petit garçon criait

- Comme il vole bien il est plus beau que tous les autres. Elizabeth se sentit tout à coup libéré de la pression qu'elle avait senti peser sur elle. Son mariage précipité, sa famille avec qui elle avait vécu tellement proche pendant si longtemps et qui s'en était allés, et puis les confidences de son mari. En fin de compte il suffisait de pas grand-chose pour se remonter le moral.

Lorsqu'Anthony fut fatigué d'avoir couru, que la petite Lise s'était endormie dans son landau, on convint de rentrer.

- Vous venez avec nous, dit Hannelore d'une voix décidée, nous prendrons le thé ensemble.

Et c'est comme ça que les deux jeunes femmes se retrouvèrent dans le petit salon de Hannelore, à déguster du thé et à papoter entre elles. D'un commun accord on concéda qu'il était beaucoup plus convivial de se tutoyer.

- Lorsque je suis venue en Angleterre, juste après la guerre, c'était un peu dur pour moi en tant qu'Allemande, mais je me suis vite liée d'amitié avec Charity, la cousine de Colin, seulement elle a rejoint son amour de jeunesse, et me voilà de nouveau sans amie.

- C'est difficile à croire, répondit Elizabeth

Hannelore versa le thé dans leurs tasses, puis reprit

- La plupart des anglaises dont j'ai fait la connaissance sont plutôt snobs, ce sont en général les femmes ou les parentes des hommes avec qui Colin fait des affaires. Donc je suis contente si nous devenons amies. Bien que je pense qu'on n'aura pas tellement souvent l'occasion de se voir, car nous passons le plus clair de notre temps en Cornouailles où mon mari a un domaine. Et le Devon ou Luke a son manoir est plutôt éloigné. Mais je pense qu'on va certainement réussir à se voir quand nos époux respectifs iront en ville pour affaire, et puis on s'invitera de temps en temps.

Elizabeth prit une gorgée de thé, puis posa sa tasse sur sa soucoupe, et regarda la jeune femme qui lui faisait face, et qui mangeant un muffin aux fraises

- Puis je te poser une question un peu indiscrète ?

- Mais oui, pose-moi toutes les questions que tu veux, et je t'en poserai à mon tour.

- Puisque tu es allemande, comment t'est tu retrouvé à Londres ?

Hannelore posa sa petite assiette sur la TABLE BASSE devant elle, et s'essuya le coin de sa bouche avec une serviette. Elle sourit à sa nouvelle amie, puis dit d'une voix rêveuse :

- Mon père était anglais, je ne l'ai jamais connu, et lorsque ma mère décéda j'appris qu'elle avait pris des dispositions pour que je vive avec Colin comme tuteur, car il était l'héritier du titre de mon père. Elle soupira un peu, puis se pencha vers Elizabeth elle lui dit sur le ton de la confidence

- Figure toi que lorsque je suis venue vivre dans son manoir en Cornouailles, c'était un vrai ours. Enfin, il s'était plus ou moins coupé de la société, car les souvenirs de la guerre avait laissé leurs marques, et je te prie de croire que celle qu'on ne voit pas sont plus profondes que les autres. Maintenant encore, il fait parfois des cauchemars la nuit, alors qu'il est par ailleurs très heureux. Mais je pense qu'il n'oubliera jamais les horreurs qu'il a vécues.

- Et comment avez-vous fait la connaissance de Luke ? Hannelore reprit sa petite assiette

- Colin le connaissait depuis longtemps, il était déjà dans l'aviation lorsque mon mari y est entré à son tour. Il parait que Luke savait déjà piloter à l'âge de dix neufs ans. En tout cas ils étaient tous les deux pilotes pendant la guerre, et après Luke a souvent pris des nouvelles de Colin, mais comme je te l'ai dit, ce dernier était presque devenu un ermite, et ne voulais plus voir personne. Après notre mariage, il a quand même fallu retourner à Londres car il était question de s'occuper d'actions que mon père avait laissées à Colin. Et c'est là qu'ils se sont revus, et depuis ils font des affaires ensemble.

Elizabeth prit machinalement un morceau de cake au chocolat, elle commençait juste à cerner un peu le caractère de son mari.

- Et toi demanda Hannelore comment as-tu fait sa connaissance ? Parce que je sais de source sure, que Luke,

ne vas jamais à des bals ou des soirées, parties et autres réunions sociales, à part à des dîner ou il peut parler affaires. Elizabeth faillit s'étouffer avec un morceau de cake. Elle prit une gorgée de thé, et se demanda si elle pouvait dire la vérité à Hannelore.
Après tout elle connaissait bien Luke, et puis elle venait de sceller leur amitié, donc il était normal de lui confier la vérité

- Il m'a trouvé par petite annonce

Hannelore laissa tomber sa cuillère sur son assiette, et regarda son amie avec stupeur.

- Par petite annonce !

- Oui, autrement d'ailleurs nous n'aurions d'ailleurs eu aucune chance de nous rencontrer un jour. J'habitais dans un quartier plutôt défavorisé

Hannelore voulu dire quelque chose, mais elle n'en eut pas le temps. Un pas un peu trainant se fit entendre dans le couloir, et sa physionomie s'éclaira. Colin entra dans la pièce, et se dirigea vers sa femme qu'il embrassa sur la bouche avant de se tourner vers Elizabeth

- Bonjour Mrs. Farnsworth, C'est un plaisir de vous revoir

Luke rentra à la maison, il était pressé de retrouver son épouse, et dès son entrée dans le hall il demanda tout de suite le majordome

- Où est ma femme ?

- Elle s'est absentée en compagnie de lady Falmouth

Luke ressentit un étrange pincement de cœur. Il s'était attendu à être accueillit avec effusion, et il devait bien se l'avouer il avait pensé ou alors espéré que sa femme soit impatiente de le revoir. Pendant toute la réunion il avait pensé elle, à sa façon de se tenir, de se mordiller la lèvre inférieure, et surtout aux petits bruits qu'elle faisait pendant l'amour. Il avait l'impression que cela faisait des siècles qu'il ne l'avait plus touchée, et une furieuse envie l'avait pris de la prendre dans ses bras, de la sentir, de la gouter, de l'embrasser. Il entra dans la bibliothèque, se versa un verre de whisky et se laissa choir sur un fauteuil. Le liquide ambré glissa dans sa gorge, mais ne calma nullement sa déception. Il regarda par la fenêtre comme s'il voulait guetter son arrivée. « Que m'arrive-t-il ? Se demanda-t-il, je commence à devenir aussi gâteux que ce vieux Colin.

<h1 style="text-align:center">Chapitre dix-huit :</h1>

Apprendre à aimer, c'est apprendre à négocier
Il n'y a pas d'amour sans concession
(Mohamed Fillali)

Luke ne dit rien lorsqu'Elizabeth rentra une demi-heure plus tard. Inconsciemment il lui en voulait encore de s'être absenté, même s'il savait bien qu'il était injuste. Il n'y avait nulle part écris dans leur contrat de mariage qu'elle devait se cloîtrer à la maison lorsqu'il vaquait à ses occupations.

Elizabeth remarqua que son mari semblait un peux plus distant avec elle, mais elle pensait que cela était dû aux confidences qu'il lui avait fait.

« Peut-être regrette-t-il de s'être laissé aller à tout me raconter » Pensa-t-elle avec une pointe de déconvenue. Pourtant le repas du soir ses passa sans anicroches. Elizabeth raconta son après-midi avec Hannelore et les enfants, et Luke lui répondit par monosyllabe.

Elizabeth aurait voulu demander à Luke quelle mouche l'avait piqué pour qu'il soit de cette humeur sombre, lorsque Ned entra, et dit :

- Miss Coleman vous demande au téléphone.

Elizabeth se leva aussi brusquement qu'elle faillit faire tomber sa chaise que le fidèle domestique rattrapa d'un air imperturbable. Elle courait presque dans le hall et prit le répondeur.

- Allo ! Tante Irène !
- Oui ma chérie c'est moi. Je voulais te dire que nous sommes bien arrivés, et ton mari à bien fait les choses puisqu'il y a un téléphone même ici, seulement c'est une ligne collective, donc nous ne sommes pas les seuls à l'utiliser.

- Comment s'est passé le voyage ?

- Assez bien au début, sauf que lorsque le train s'est mis à siffler, Comet a eu peur, et s'est enfui à travers les wagons et le contrôleur a trébuché sur lui, et cela l'a rendu de mauvaise humeur, et il nous a donné une amende parce que les animaux domestiques doivent être enfermés dans une cage pendant le voyage.
Daniel a entrepris de faire un brin de cour à une jeune fille qui voyageait dans le compartiment voisin du notre, sous le regard incendiaire d'une vieille cousine qui l'accompagnait. Margaret s'est tellement penchée à la fenêtre que son chapeau a failli s'envoler, et moi je me suis fait un accroc à ma jupe en descendant les marches du train, car mon ourlet est resté accroché.
Enfin à part ça, c'était plutôt calme, et le chauffeur de Luke nous attendait, il a même daigné s'arrêter devant une mercerie pour que je puisse me procurer dc la laine. Cela fait tellement longtemps que je n'ai plus tricoté que j'ai bien l'intention de me rattraper ces prochains jours, puisque je n'aurai pas grand-chose à faire.

Elizabeth se mit à rire.

- Dit donc vous en avez eu des aventures, j'espère que vous êtes bien installés et que le percepteur convient aux garçons.

- Oh ! De ce côté-là il n'y a pas de problème, j'ai même trouvé une occupation à Margaret, elle va aider les jardiniers. Tu sais bien combien elle aime faire pousser des fleurs, Dieu sait qu'elle n'en a pas eu tellement l'occasion.

- Je suis bien contente que tout va bien.

- Et de ton côté comment ça va ?

- Mais ça va très bien, Luke a été absent la plus grande partie de la journée, mais j'ai passé un agréable après-midi avec Hannelore.

- Je vois que tout se passe bien aussi chez toi, alors je vais te laisser, il y a peut-être quelqu'un d'autre qui veux utiliser le téléphone. Bonne nuit ma chérie

- Bonne nuit tante Irène.

Elizabeth raccrocha le récepteur sur son socle, elle était contente que sa famille fût bien installée, et elle regrettait un peu de ne pas être avec eux. « C'est une question d'habitude,» pensa-t-elle, voilà des années qu'ils vivaient les uns sur les autres, et elle avait tellement longtemps supporté la responsabilité, qu'il allait lui falloir un petit peu de temps d'adaptation. Ce qui lui fit penser à son mari et son humeur bizarre. Elle soupira et entra dans la salle à manger.
Une fille de salle y enlevait les assiettes, sous l'œil vigilent de Ned, mais Luke n'était plus là.

Elizabeth fronça les sourcils.

- Sir Farnsworth est allé se changer pour la sortie au théâtre, lui dit le majordome avant qu'elle ne puisse lui poser la question

- Merci Ned, répondit-elle avant de se diriger vers les escaliers pour se rendre dans sa chambre.

Luke enleva sa cravate, et déboutonna sa chemise. Il était en colère, il ne pouvait pas s'en empêcher, parce que…. Il était jaloux, il devait bien se l'avouer. Les premiers signes s'étaient présentés au moment où il s'était rendu compte qu'Elizabeth ne l'attendait pas. Et puis son empressement à aller courir répondre au téléphone, avait augmenté cette sensation d'irritation. Il se regarda dans la glace. Il se rendait bien compte qu'il était injuste, Elizabeth était très proche de sa famille, ils avaient dû passer par des périodes noires, et cela soudait les gens. Lui n'avait jamais eu ce genre de relation, et cela aussi lui laissait des regrets.
Elizabeth entra dans sa chambre, elle s'était attendue à y retrouver son mari, mais la pièce était vide. Elle se dit, que Luke devait être dans sa propre chambre, lui n'avait pas des problèmes de logement, où il fallait partager sa chambre. Elle commença à ouvrir son corsage, et se mit à réfléchir en même temps. Elle n'avait pas de femme de chambre et même lorsque Luke lui avait proposé d'en engager une, elle avait décliné l'offre. Elle était trop indépendante, et puis ce n'était pas comme dans le temps, ou il fallait à une dame une aide pour entrer et sortir des lourdes parures que la mode leur imposait. Elle ramassa sa robe qui était tombée par terre, et en combinaison se dirigea vers l'armoire. Elle posa le vêtement sur le dossier d'une chaise, et ouvrit le meuble. Ses nouvelles robes, jupes, et chemisiers étaient tous accrochés là, et elle avait encore du mal à réaliser qu'elle lui

appartenait. Elle caressait la soie d'une création du soir que Margaret l'avait forcée à acheter. Il fallait bien l'avouer, elle était très belle. Un bruit lui fit tourner la tête, C'était surement Luke qui avait laissé tomber quelque chose, et puis tout à coup, elle prit une décision. Il était fâché, elle l'avait bien senti, il avait eu l'impolitesse de quitter la salle à manger sans l'attendre, et même à travers la porte, elle sentait qu'il y avait de la tension. Il fallait régler ça tout de suite. Elle n'était pas du genre à attendre, ou ruminer, elle n'avait pas peur des conflits. Elle ouvrit la porte de communication à la volée. Et dit en entrant :

- Je veux savoir ce qui se passe ….

Puis elle s'interrompit. La porte de la salle de bain était ouverte, et elle vit son mari en caleçon en train de se raser. Leurs regards se croisèrent dans le miroir. A cet instant sa résolution était prise. Quoiqu'elle fût troublée par la vue du corps de Luke, elle avança vers lui d'un pas martial.

- Il faut qu'on parle.

Luke avait arrêté un moment de faire glisser la lame sur son menton, mais sans quitter sa femme des yeux, il reprit son rasage, faisant crisser sa barbe. Elizabeth sentit la chaleur qui montait en elle, les gestes de son époux avaient un effet très érotique sur elle.

Luke lui répondit calmement

- De quoi veux-tu me parler ?

Elizabeth reprit sa respiration. Elle ne devait pas se laisser intimider.

- J'aimerai savoir pourquoi tu es en colère.

Luke enleva la dernière trace de mousse, puis se tourna vers sa femme.

- Mais qui te dit que je suis en colère ?

Il prit une serviette et s'essuya le visage. Avant qu'elle ne puisse ajouter un mot Le regard d'Elizabeth tomba sue le caleçon très moulant, et elle rougit jusqu'à la racine des cheveux en s'apercevant qu'au lieu d'être fâché, son mari semblait plutôt excité.

Un sourire naquit sur les lèvres de Luke. Il adorait quand sa femme était embarrassée. Il avança vers elle et la prit dans ses bras. Elle était comme tétanisée.

- Oh ! Non ma chérie, en ce moment la colère est la dernière chose que je ressens pour toi. Puis il l'embrassa. Il la fit tomber sur le lit sans cesser de la caresser et l'embrasser, elle se noyait dans un tourbillon de désir. Et puis elle sentit ses mains qui faisaient glisser sa petite culotte le long de ses jambes. Et déjà il était en elle. Leurs langues se mêlèrent, puis leurs gémissements, Elizabeth avait l'impression de se fondre avec le corps de Luke, sa chair moite se frottait contre la sienne comme pour éteindre le feu qui courait dans leurs veines. Et puis dans un dernier sursaut, ils s'immobilisèrent, à bout de souffle. Luke pesait lourd, mais Elizabeth aimait ce poids sur elle. Cela lui donnait l'impression qu'il lui appartenait, et qu'il était une partie de son être. Mais déjà il se soulevait, et elle eut envie de le retenir, mais il roula sur lui-même et elle se retrouva sur lui. Ils refirent l'amour avec un peu plus d'abandon, la folle tempête s'était muée en petite brise. Après cela ils restèrent enlacés sans rien dire pendant un moment. Puis Elizabeth demanda

- Pourquoi était tu en colère contre moi ?

Luke soupira, puis il se mit à jouer avec une des boucles de cheveux qui étaient étalés sur sa poitrine.

- Je n'étais pas en colère, peut-être irrité, ou alors contrarié, mais pas vraiment en colère.

- Mais pour quelle raison ?

- La jalousie ma chère et tendre épouse

Elizabeth se souleva, et se retrouva assise sur le lit à côté de son mari elle ne rougit plus en voyant sa nudité, et la pose un rien nonchalante qu'il avait prise. Au lieu de ça elle ne put s'empêcher de demander :

- Mais pourquoi ?

- Mais parce que je suis égoïste, j'aimerai te garder pour moi, t'enfermer dans mes bras, te cacher dans ma chambre, et ne pas te partager, avec personne, même pas ta famille ou Hannelore et ses enfants
Elizabeth le regarda stupéfaite. Puis elle secoua la tête de gauche à droite avant de se lever.

- C'est insensé

- Tu as raison, mais une fois que je serai un peu plus sûr de toi, je pense que ça ira mieux.

Elizabeth pris soudain conscience de sa mise, sa combinaison était à moitié arraché et pendant lamentablement, un de ses bas avait roulé aux bas de sa jambe, et elle ne portait plus de culotte. C'est à ce moment-là qu'elle se mit à rougir. Elle n'aurait jamais cru que la passion pouvait conduire à ça.

- Il faudrait qu'on s'habille si on ne veut pas arriver en retard au théâtre fit elle remarquer ;

D'un bond Luke fut debout et l'empêcha de retourner dans sa chambre.

- Nous pourrions rester à la maison, je pourrais t'apprendre tout plein de choses, sur le plaisir, sur nous. Nous pourrions prendre un bain ensemble, je te montrerai une autre façon de gouter au chocolat, crois-moi, ce serai beaucoup plus excitant que le théâtre.

Elizabeth lui tourna le dos, et regarda la bride de sa combinaison qui avait été arrachée. Elle se dit qu'il était certainement possible de la recoudre. Elle regarda autour d'elle, puis elle vit le regard de Luke qui attendaient une réponse. Elle soupira. Bien sûr, passer la soirée à faire l'amour, devait être très excitant, mais pour s'habituer à vivre ensemble, il ne suffisait pas de faire l'amour ensemble, il fallait aussi d'autres intérêts communs.

- Il vaut mieux qu'on aille au théâtre, pour les autres choses que tu veux m'apprendre, je ne pense pas que ça presse, et puis tu m'en apprendras chaque jour un peu plus.

Luke semblait un peu déçu, mais il s'inclina à la volonté de sa femme. Avant de se diriger vers la salle de bain, il demanda pourtant

- Tu en es sure ?

- Absolument, répondit-elle. Dès qu'il lui tourna le dos, elle se baissa pour remettre son bas en place dans la jarretière. Luke sourit, il suivait la scène depuis la glace de la salle de bain. Il pensa qu'il faudrait encore plusieurs séances de ce genre pour dévergonder sa jeune épouse.
Du coin de l'œil, Elizabeth aperçut sa culotte, et la ramassa prestement avant de disparaitre dans sa chambre. Elle se laissa s'affala sur le tabouret de sa coiffeuse. Un nouveau soupir lui échappait, comme il était difficile de comprendre les hommes.
Elle s'en était déjà un peu doutée auprès de Daniel et d'Hubert, mais elle avait l'impression que plus ils avançaient en âge plus leur mentalité devenait mystérieuse. Elle se dit qu'elle en parlera à tante Irène.
Elle entendit Luke siffloter dans sa chambre, et elle se leva d'un bond. Il ne fallait surtout pas traîner car il était capable de venir voir ou elle en était, et s'il la voyait si peu vêtue cela lui donnerait des idées. D'un geste preste elle enleva sa combinaison. Elle ne portait pas de soutiens gorge, depuis que le corset avait été banni dans les années de guerre, il y était arrivé dans la mode féminine, mais il n'était pas autant porté que le corset, et pendant les années de disette qu'elle venait de passer, elle n'avait pas eu assez d'argent pour s'en

acheter. Irène portait toujours le corset, mais c'était plus par habitude que par conviction. Elizabeth s'était achetée quelque jolis soutiens-gorges lorsqu'elle avait fait les emplettes de sous-vêtements, la vendeuse lui avait présentés plusieurs modèles en soie. Elle mit sa belle robe bleue, puis se coiffa. A ce moment-là Luke entra dans la chambre, il avait un sourire coquin sur les lèvres, et elle se dit qu'elle avait eu raison de mettre un soutien-gorge, pour ne pas attiser encore plus le désir masculin.

Chapitre dix-neuf

Il y avait beaucoup de monde lorsqu'ils arrivèrent en vue du théâtre de Royal Victoria Hall. La pièce que l'on jouait était « Beaucoup de bruit pour rien. » Elizabeth était excitée, cela faisait tellement longtemps qu'elle n'était plus sortie dans le monde, et elle voulait profiter au maximum de toutes les impressions qu'elle ressentait.

Le bourdonnement des gens qui se parlaient, la lumière légèrement tamisée, l'odeur si particulière de ces lieux, et puis les vêtements des femmes, qui semblaient toutes avoir mis leurs plus beaux atours pour briller, lui semblait autant de plaisirs nouveaux.

Luke la conduisit dans une loge, les fauteuils y étaient beaucoup plus confortables que ceux du petit théâtre ou elle avait été la dernière fois, avec ses parents en 1914 avant que la guerre ne détruise leur vie. La pièce de l'époque était Pygmalion de George Bernard Shaw, une pièce moderne, rien à voir avec du Shakespeare.

Luke remarqua combien son épouse semblait satisfaite. Et tout à coup il ne regrettait plus d'être venu, car faire plaisir à Elizabeth le rendait heureux.

La jeune femme regardait autour d'elle, et vit un monsieur d'un certain âge qui les fixait dans la loge d'en face avec des jumelles de théâtre. Qui pouvait-il être se demanda-t-elle. Luke avait suivi son regard et s'était rendu compte lui aussi de l'intérêt de l'homme, et dit :

- Le personnage dans la loge d'en face qui nous observe, s'appelle Elliott Woodrow, et on dit de lui qu'il a passé des années dans la jungle africaine pour revenir aussi riche que Crésus car il a trouvé des pierres précieuses.
On n'a jamais vraiment su le fin mot de l'histoire, certains pensent qu'il les as eues ou volées à des indigènes, d'autre qu'il a découvert un trésor caché, d'autres encore qu'il a sauvé un homme qui possédait une mine de diamant et reçu les pierre comme récompense. Quand on lui pose la question, il a un sourire mystérieux et il répond « Qui sait ! » En tout cas, il a bien placé l'argent qu'il en a tiré, et il se retrouve à la tête d'une grosse fortune.

- Tu as fait des affaires avec lui ?

- Ça pourrais m'arriver. C'est un drôle de zèbre, il a vécu une très grande partie de sa vie plutôt en solitaire, on ne sait pas grand-chose sur lui. Depuis qu'il est apparu à Londres, On ne l'a jamais associé avec le nom d'une femme, mais je pense qu'il apprécie le sexe faible.

- Il ne veut peut-être pas s'encombrer d'une compagne, tu sais ces vieux célibataires, ont leur petite habitude, et n'aiment pas changer leur train-train pour une épouse.

A ce moment-là, les lumières s'éteignirent, et le rideau s'écarta. Le silence se fit, et on vit l'entrée des soldats victorieux qui retournent à Messine (Italie)
Très vite Elizabeth fut happée par la pièce, et chaque fois que les évènements sur la scène semblaient atteindre leur apogée, elle serait très fort la main de son mari qui la regardait en souriant. Il était ému de voir combien cette sortie lui plaisait. Alors que le rideau se baissa pour l'entracte, Luke demanda:

- Veux-tu que je te rapporte quelque chose à boire ?

- Je peux t'accompagner au foyer pour boire quelque chose de frais.

- Il ne vaut mieux pas, tu as vu le monde qu'il y a ce soir, tu te feras marcher sur les pieds. Non reste tranquillement ici, je vais faire aussi vite que possible.

Elizabeth soupira, mais elle laissa son mari sortir de la loge. Elle se tourna à nouveau vers la salle, regardant le public qui se pressait vers la sortie. Elle fut surprise lorsque le rideau se leva derrière elle, car Luke venait juste de partir, impossible qu'il soit déjà de retour. Un homme entra, le même homme qui au début de la représentation l'avait observée avec des jumelles.

- Veuillez me pardonner pour cette intrusion, dit-il dès son entrée

Elizabeth se tourna vers lui étonnée.

- Qu'est-ce qui vous amène ? demanda-telle

L'homme prit sa main pour la saluer et lui fit un baisemain.

- Permettez que je me présente, Elliott Woodrow, pour vous servir.

- Je sais, mon mari m'a dit votre nom.

Un sourire ironique se dessina sur sa bouche

- Ah ! Je vois, répondit-il, je suppose que vous êtes sa toute jeune femme, dont personne n'a entendu parler avant qu'il ne vous épouse

- C'est vrai je le suis répondit Elizabeth, qui n'avais aucune intention de se présenter à cet homme qui avait eu l'insigne impolitesse de venir la trouver en l'absence de son mari.

Elliott devina ses pensées, et il reprit

- Je suis désolé de venir ainsi vous importuner, mais il fallait absolument que je vous vois pour vous poser certaines questions.

Elizabeth souleva un sourcil. Cet homme commençait vraiment à l'intriguer.

- Quelles questions

- Vous ressemblez de façon frappante à une jeune femme que j'ai connue jadis ; et je voulais vous demander si vous étiez une de ses parentes. Je me souviens qu'à l'époque où je la courtisais, son frère venait de se marier.

- Ah ! Oui se borna de répondre Elizabeth

- Elle s'appelait Irène Coleman, hélas je l'ai perdue de vue depuis tellement longtemps, que je désespérais de la retrouver un jour.

La stupeur d'Elizabeth fut à son apogée, et elle ouvrit tout grand les yeux

- Vous connaissez tante Irène ?

Le regard d'Elliott s'éclairci lorsqu'il répondit

- Oui je l'ai connue il y a très longtemps, les circonstances de la vie nous ont séparés, mais je n'ai jamais désespéré de la retrouver un jour.

- Et que ferez-vous à ce moment-là. ?

- Je la demanderai en mariage bien sûr.

Elizabeth se mit à rire, elle ne pouvait s'imaginer que tante Irène accepte de se marier à quelqu'un qu'elle n'avait pas vu depuis presque trente ans.
A ce moment-là Luke entra dans la loge, avec un regard belliqueux. En entendant le rire de sa femme il avait à nouveau, été terrassé par ce sentiment de jalousie qu'il avait réussi à chasser après avoir fait l'amour avec elle. Il ne fut pas vraiment soulagé de voir qu'elle riait en compagnie de cet homme qui aurait pu être son père. Il tendit un verre à sa femme, et regarda l'autre homme d'un regard belliqueux

- Woodrow que me vaut l'honneur de votre visite

Elliott ne semblait pas particulièrement inquiet par l'attitude de Luke, il sourit à ce dernier d'une façon ironique.

- J'étais venue voir votre femme, elle me rappelait un amour de jeunesse

Luke se renfrogna de plus en plus. Il n'y avait pas de raisons, il le savait, mais n'empêche qu'il n'aimait pas savoir qu'un homme tel que ce Woodrow tourne autour de son épouse. Mais avant qu'il puisse l'exprimer, Elizabeth lui dit

- Figure toi qu'il a connu tante Irène, je ne savais pas qu'on se ressemblait à ce point.

- Ce n'est pas tant la ressemblance, que certaines attitudes que vous avez en commun avec Irène. Au départ, je l'avoue franchement je vous aie juste observé pour savoir quelle femme avait pu séduire Farnsworth, et je dois dire que je comprends pourquoi vous l'avez séduit

- Je vous remercie, c'est très flatteur. Répondit Elizabeth.

Luke s'assit à côté de sa femme, il n'avait pas l'intention de faire des politesses avec ce vieux Woodrow.

- Il me semble que le spectacle va recommencer, vous devriez vous dépêcher de reprendre votre place.

- Oh ! Luke ne soit pas tellement impoli, repris sa femme, puis se tournant vers le Vieil homme elle lui dit avec un gracieux sourire

- Vous pouvez bien sur rester ici.

Elliott se pencha au-dessus de sa main, puis lui fit un clin d'œil avant de renchérir

- Non vous êtes encore en lune de miel, je vais vous laisser, mais ce n'est que partie remise. Il tourna la tête vers Luke et lui fit un salut du chef, avant de disparaitre.

- Non vraiment Luke dit Elizabeth après un moment plus tard, tu es parfois d'une grossièreté.

- C'est que je ne m'attendais pas à te retrouver en compagnie d'un vieux cheval sur le retour.

Elizabeth secoua la tête.

- Je ne crois pas que Mr. Woodrow soit si vieux que ça. Et puis j'aurai bien aimé qu'il me raconte comment il a fait la connaissance de tante Irène, et comment il a pu faire fortune Luke se pencha vers Elisabeth et l'embrassa dans le cou, avant de lui murmurer à l'oreille

- Tu es trop curieuse.

Le spectacle continua, mais Elizabeth contrairement au début de la pièce, eu du mal à suivre, ses pensées étaient devenues chaotiques. Qui était vraiment Elliott Woodrow, et pourquoi tante Irène ne lui en avait-elle jamais parlé ? C'est vrai qu'elle avait fait certaines allusions à des fiançailles rompues, mais jamais elle n'avait parlé du fiancé qui l'avait abandonné. Ou alors étais ce le contraire. Il fallait à tout prix qu'elle téléphona à sa tante pour lui demander des explications. Elizabeth soupira. Si sa famille n'avait pas été bannie à la campagne, elle aurait pu demander dès ce soir des explications, maintenant il fallait qu'elle attende demain. Luke se rendait bien compte que sa jeune épouse était préoccupée, et il avait une envie furieuse d'aller trouver Woodrow pour lui casser la figure. Même si en tant que gentlemen il ne s'autorisait pas à taper sur plus faible et plus vieux que lui. Mais aussi, pourquoi avait-il dû venir comme ça derrière son dos pour venir troubler la tranquillité d'Elizabeth.

Ils ne parlèrent pas beaucoup après que le spectacle soit fini. Elizabeth attendit au bord du trottoir que Luke avance avec la Bentley Il y avait beaucoup de monde, et elle regardait autour d'elle, essayant de voir si elle pouvait revoir Elliott Woodrow. Elle vit avec horreur une voiture débouler à toute vitesse, et se diriger vers la Bentley conduit part Luke. Un cri mourut au fond de sa gorge, et elle vit la scène comme au ralentit. L'espace d'un instant elle eut l'impression que sa vie allait s'arrêter devant ce théâtre, devant cette foule impatiente.

Luke réussi à éviter in-extremis le bolide qui fonçait sur lui, il réussit à se garer, et ouvrit la portière, tandis que la voiture avait déjà disparue au loin. Pendant un moment Elizabeth ne pouvait pas bouger, puis elle se mit à courir. Luke était à peine hors de la voiture que la jeune femme se jeta dans ses bras.

- Tu aurais pu mourir

Luke serra Elizabeth dans ses bras, et lui murmura

- Tout va bien, c'est fini.

- J'ai réussi à retenir le numéro de ce chauffard, dit un jeune rouquin qui s'était rapproché d'eux, et il tendit un vieux morceau de papier à Luke

- Merci jeune homme, répondit Luke en prenant le papier

- Avec plaisir, répondit le rouquin, il faut faire quelque chose contre ces chauffards, ils sont un danger public.

- Vous avez raison, mais veuillez nous excuser, ma femme a subi un choc sévère, il faudrait que je la ramène à la maison.

- Je comprends monsieur, et le jeune homme fit en pas en arrière lorsque Luke ouvrit la portière pour faire monter son épouse.
Elizabeth pleurait sans faire de bruit, ses larmes coulaient sur ses joues, sans qu'elle puisse les retenir.
Luke prit le volant sans rien dire, et Elizabeth chercha un mouchoir dans son réticule, tout en reniflant. Luke mit la main dans sa poche et sortit un carré de lin blanc et le tendis à son épouse, tout en continuant de conduire. Elizabeth prit le mouchoir, et s'essuya les yeux puis dit

- Excuse-moi, en général je ne me donne pas en spectacle, mais j'ai vraiment cru qu'il allait te tuer. Est-ce que tu as vu le chauffard ?

- Non tout est allé trop vite, heureusement que j'ai de bons réflexes, quand on pilote un avion, c'est nécessaire. Mais je pense que le chauffard a juste voulu me faire peur, parce que dans l'accident il aurait aussi pu y laisser sa vie.

Elizabeth regarda son mari d'un air étonné

- Tu penses qu'il l'a fait exprès ?

- Oui

- Mais ça n'a pas de sens, pourquoi quelqu'un ferait-il une chose pareille ? A part bien sur si le conducteur est complètement fou.

- Ou alors quelqu'un qui m'en veux personnellement

Élizabeth regarda la route sans la voir, les paroles de son mari lui faisaient peur.

- Est-ce qu'il y a beaucoup de gens qui t'en veulent ?

- Un certain nombre, mais c'est des hommes d'affaires, et leur genre serait plutôt d'essayer de me ruiner. Mais il n'y a qu'une seule personne qui me déteste vraiment au point de me foncer dedans

- Tu ne crois pas que ce soit…

- Si je pense qu'il en est tout à fait capable.

Chapitre vingt

De la discussion jaillit la lumière
(Nicholas Boileau)

En arrivant à la maison, Luke dit au majordome d'aller se coucher, puis se tournant vers sa femme, il lui demanda :

- Tu veux encore boire un verre avec moi avant d'aller au lit ?

Elizabeth hésita, d'une part elle avait une folle envie d'aller dans sa chambre et de se cacher sous les couvertures pour oublier le choc qu'elle avait reçu, mais elle savait très bien que ça ne servait à rien. Elle ne pourrait pas dormir de toute façon, et un verre d'alcool l'aidera peut-être à calmer ses nerfs. Elle suivit donc Luke vers son bureau.

Il ouvrit la porte, puis la laissa entrer. Elizabeth regarda les ombres qui jouaient dans la pièce avant que Luke n'allume la lumière. Elle sentait que Luke devait passer le plus clair de son temps ici, et l'atmosphère de la pièce semblait l'apaiser. Elle s'assit dans un des fauteuils devant le bureau, et soupira. Son mari se dirigea vers le bar encastré dans le mur et demanda

- Que veux-tu boire ?

- Je boirai la même chose que toi

Luke remplis deux verres de Cognac, avant de lui en tendre un. Il bougea doucement le ballon dans sa main, et regarda le liquide ambré scintiller.

- Peut-être que tu devrais aller rejoindre ta famille, lui dit-il.

Elizabeth qui dessinait sur l'accoudoir des ronds avec son doigt, leva brusquement la tête

- Pourquoi brusquement veux-tu que j'aille à la campagne, alors que ce matin encore tu essayais de me convaincre qu'il fallait qu'on reste ensemble ?

Luke prit une gorgée de son breuvage, puis s'assit en face d'elle sur l'autre fauteuil.

- Après les évènements de ce soir, je n'en suis plus aussi sur. J'ai peur que tu ne sois en danger.

- Mais c'est toi qu'il voulait tuer, pas moi, c'est toi qui es en danger.

- Erreur, il voulait me faire peur, mais il tient aussi à me voir souffrir, il a toujours aimé ça. Et je suis sûr qu'il va penser que s'il t'arriverait quelque chose, ce sera la meilleure façon de m'atteindre.

- Non je ne partirai pas, justement à cause de ce qui s'est passé ce soir. Et puis de toute façon, réfléchis si je vais à la campagne, et que ton frère l'apprenne, il peut très bien en profiter pour aller dans le Devon et tu ne pourras rien y faire.

Luke se mit à réfléchir, et du lui donner raison.

- N'empêche que je ne suis pas toujours à la maison, j'ai encore plusieurs réunions d'affaires en ville avant que je ne puisse me retirer à la campagne, et j'aimerai, ne pas me faire de souci. Il faudrait que tu ne sortes pas sans moi.

Elizabeth posa le verre un peu brusquement sur le bureau. « Garde ton calme » se dit-elle après avoir repris sa respiration.

- Je me doutais bien que tu allais dire une chose de ce genre. Mais ne t'attends pas que je reste enfermée entre quatre murs en t'attendant telle Pénélope son Ulysse. Je sais bien que c'est ce qui te plairais le plus, mais l'ère ou le mari pouvait décider de ce que sa femme doit faire est révolue. Je ne sais pas si tu t'es rendu compte, que depuis que la guerre est finie, les femmes ont réussi à démontrer qu'elles peuvent se débrouiller toutes seules.

Luke ne put s'empêcher de sourire à cette diatribe, mais il ne put se retenir de répondre d'une voix un rien inquiète :

- Calme toi ma chérie, je ne veux pas t'enfermer, je veux te protéger, et même si tu es assez grande pour conduire ta barque, je ne suis pas sûr que tu sois assez forte pour te défendre contre un homme aussi retors que Réginald

Elizabeth avais repris son verre, et prit une grande gorgée. Elle commençait à tousser, et Luke se leva pour lui taper sur le dos.

- Ça va mieux ? demanda-il

Elizabeth toussa encore un peu et secoua la tête de haut en bas.

- Il faudrait que je sois sûr que tu puisses te défendre, peut-être que je devrais t'apprendre quelques coups bas si jamais tu te fais agresser

Elizabeth le regarda intéressée

- Ah oui et quel genre de coups bas ?

Luke lui pris les mains et la fit se lever, puis il se plaça derrière elle et entoura son cou avec son bras.

- Tu vois si jamais un adversaire vient et te prend par la gorge comme ça, il faut réagir très vite, avec ton coude, tu le pousse dans l'estomac comme ça, si tu y mets toute tes forces, l'assaillant te lâche et se plie, tu te tournes rapidement comme ça, et avec le genou tu lui rentre dans le bas du corps. Si tu t'y prends bien, il va s'écrouler, et tu peux lui donner le reste, en tenant des deux mains en poings que tu lui cogne sur la nuque. Tu as compris ?

- Oui, laisse-moi essayer

Luke renforça un peu la prise du bras gauche tandis qu'avec la main droite il faisait mine de la menacer avec un couteau. Elizabeth se concentra, et lui donna un coup de coude.

- Ouch dit –il et il la lâcha, parce qu'il ne s'était vraiment pas attendu à ce que sa tendre moitié y mette autant de force. Elle se tourna et leva le genou, qu'il put encore éviter au dernier moment qu'elle ne le frappe à un endroit sensible.

- Arrête sinon tu risques de le regretter si tu veux une famille nombreuse.

- Mais il faut que je m'entraine lui répondit-elle d'une façon un peu trop innocente

- je vais t'en donner moi de l'entrainement, et il la prit dans ses bras, et la fit tomber sur le sol et commença à la chatouiller. Elle se mit à rire, puis il l'embrassa, et ce qui avait commencé innocemment se mua en une bataille amoureuse.

Et puis Elizabeth repoussa Luke en s'écriant :

- On ne peut pas faire ça dans le salon, si quelqu'un entrait

- Voyons, les domestiques sont tous couchés

- N'empêche que je me sens mal à l'aise ;

Luke soupira, il se leva, jeta sa femme à travers son épaule et la transporta comme un sac de farine.

- Puisque tu y tiens, allons dans nos appartements

- Arrête laisse-moi descendre

- Tous de suite ma chérie

Et Luke monta les marches qui menaient à sa chambre. Il laissa tomber son épouse sur le lit. Elizabeth s'assit, et regarda autour d'elle surprise.

- Mais ton lit est fait dit-elle d'une voix surprise

- Qui y-t-il de bizarre à ça ?

- Mais avant de partir, le lit était plutôt en désordre

- Et alors, j'ai un valet qui s'occupe de mes vêtements, et de cette pièce, il a dû le refaire pendant qu'on était au théâtre Elizabeth échappa des bras de son mari, avant de se tourner vers lui

- Ça me gêne de savoir qu'il y a des gens qui passent derrière moi, en plus il a surement deviné pourquoi le lit était défait.

- Il y a des chances répondit Luke en souriant

- Mon Dieu mais c'est horrible répondit Elizabeth en se tenant les joues qui devaient être rouges comme des cerises.

- Allons viens, tu vas t'habituer. Ce disant il la tira par le bras, et la ramena sur le lit, ou après un moment elle ne dit plus rien.

Mais lorsque la vague de passion reflua, les préoccupations revinrent en force. Ils restèrent pourtant silencieux pendant un moment, attendant que leur souffle se calme.

- Qu'allons-nous faire ? demanda Elizabeth

Luke tourna la tête vers a femme

- Je ne sais pas encore, il faudrait peut-être que j'engage un garde du corps

- Non, ça me mettrait mal à l'aise. J'ai une meilleure idée, engage quelqu'un qui observe ton frère, et comme ça tu seras sûr

- Oui peut-être as-tu raison

Elizabeth aurait cru qu'elle n'arrivera jamais à s'endormir, mais le sommeil la cueillis sans qu'elle s'en rende compte. La journée avait été riche en évènements de toute sorte. Lorsqu'elle se réveilla le lendemain matin, elle sentit que Luke l'embrassait dans le cou, et la caressait à des endroits très intimes. Elle se tourna vers lui tandis qu'il lui dit :

- Hélas ma chérie, je n'ai pas le temps de t'aimer, il faut que je me lève, ce sera une rude journée, et je ne rentrerai que ce soir. Je veux mettre mes affaires en ordres aussi vite que possible afin de pouvoir me consacrer entièrement à toi. Puis il se leva. Elizabeth s'étira, et regarda son mari se diriger vers la salle de bain. Elle admira son corps musclé, et ses fesses rondes. Elle s'étira. Luke avait laissé la porte de la salle de bain ouverte, et avait commencé à se raser.

- Puisque tu as un valet, pourquoi il ne te rase pas ? lui demanda-t-elle

Luke essuya la lame sur une serviette et répondit

- Parce que je me suis débrouillé des années sans valet, et que je préfère m'en occuper moi-même. Mon valet doit juste s'occuper de mes vêtements et de ma chambre.

Elizabeth fronça les sourcils. Elle ne s'était jamais posé la question qui allait s'occuper de sa chambre ; lorsque Luke reprit

- Qu'est-ce que tu vas faire toute la journée, j'espère que tu n'as pas l'intention de te promener dans Londres, ou de faire des courses, car on ne sait jamais ce qui pourra t'arriver.

- je ne sais pas encore, contrairement à toi je n'ai pas de projets précis, mais je suppose que si j'allais faire des courses, il ne pourrait pas m'arriver grand-chose parmi la foule.

Luke posa son rasoir, puis s'essuya la figure.

- Détrompe toi, tu ne te rends pas compte de tout ce qui peux arriver au milieu d'une foule. La preuve, hier soir aussi il y avait beaucoup de monde.

Elizabeth avait pâli, elle se rendait compte que sa vie allait être limitée.

Elle se leva, et regarda autour d'elle avant de voir sa chemise qui trainait par terre. Décidément depuis qu'elle était mariée, ses habits étaient malmenés. Prestement elle mit le vêtement, puis se dirigea vers la salle de bains. Luke était en train de s'habiller. Elle se tint dans l'encadrement de la porte et l'observa un instant avant de reprendre :

- Et que t'imagine tu que je vais faire toute la journée à t'attendre fébrilement ?

Luke se tourna vers elle après avoir enfilé sa chemise

- Téléphone à ta famille, lis un livre, écoute de la musique sur mon gramophone, invite Hannelore, que sais-je, que font les femmes oisives d'habitudes ?

Elizabeth posa son doigt sur son menton en ayant l'air de réfléchir à cette question

- Elles vont chez leur couturière, chez le coiffeur, elles rendent visite à des amies, parfois même ils me semblent qu'elles prennent des amants qu'elles rencontrent dans des endroits discrets.

Luke venait de rentrer sa chemise dans son pantalon et leva la tête à la dernière remarque. Son regard était ombrageux.

- J'espère que tu n'as pas l'intention de suivre leur exemple

- Qui sait, j'aurai peut-être besoin de nouveau vêtements pour la prochaine saison, et cela me plaira d'aller faire un tour chez le coiffeur pour couper mes cheveux dans un style plus moderne, et puis je suis déjà allée prendre le thé chez une amie. Ceci dit, elle tourna le dos à son mari et se dirigea vers la porte de communication avec sa chambre.
Luke la suivit en disant d'une voix froide

- Et la dernière façon de passer le temps

Elizabeth avait atteint la porte et l'avait déjà ouverte, elle se retourna et lui répondit avant de disparaitre dans sa chambre:

- J'ai bien assez d'un homme que ferai-je d'un autre ?

Luke soupira. Il avait compris qu'avec sa question il avait de nouveau froissé la susceptibilité de sa femme. Il finit par s'habiller, puis il entra dans la chambre d'Elizabeth. Cette dernière était en train de se brosser les cheveux en se regardant dans le miroir. Elle semblait songeuse. Il lui prit la brosse, et commença à aller et venir dans sa chevelure

- Je sais bien que les femmes d'aujourd'hui sont plus indépendantes que celle d'hier, et qu'elles veulent faire ce dont elles ont envie, mais si je te demandais de ne pas te couper tes cheveux, est ce que tu estimeras que j'abuse de mon autorité de mâle alpha ?

Elizabeth rencontra ses yeux dans le miroir, il s'était fait tendre, et elle se mit à sourire

- Ça dépend pourquoi

- Parce que j'adore quand ta chevelure me caresse la peau quand nous faisons l'amour.

Chapitre Vingt et un

L'avenir nous tourmente, le passé nous retient
C'est pour ça que le présent nous échappe
(Gustave Flaubert)

Elizabeth s'était installée dans la bibliothèque, après avoir pris le Breakfast avec Luke.
Ce dernier était parti très rapidement. Elle avait découvert un roman sortit depuis déjà deux ans, mais qu'elle n'avait pas eu l'occasion de découvrir vu sa situation pécuniaire. Elle en avait entendu parler, une femme auteur de romans policiers. « The Mysterious affair at Styles »
Le temps s'était mis à la pluie, elle s'installa à l'aise dans un fauteuil de cuir rouge sombre, et commença à lire. Le temps passa à une vitesse folle car le roman était très prenant, lorsqu'on frappa à la porte. Elle leva la tête et cria :

- Entrez !

Ned ouvrit la porte et entra en disant

- Il y a un monsieur Woodrow qui vous demande au téléphone Mrs Farnsworth,

Elizabeth se leva à regret et posa se livre à l'envers sur le bras du fauteuil. Et se dirigea vers le couloir en disant

- Merci Ned.

Ce dernier la laissa passer, puis d'un pas déterminé se dirigea vers la place qu'elle venait d'abandonner, pris le livre, mit un marque-page rouge à la page qu'elle venait de lire, et posa le livre sur la petite table à côté, avant de quitter la pièce.

Elle prit l'écouteur en bakélite noire, et dit :

- Hallo

- Mrs. Farnsworth?

- C'est moi-même, bonjours Mr. Woodrow

- Bonjour Mrs Farnsworth, je vous appelle pour vous demander si vous avez envie de venir déjeuner avec moi.

Elizabeth ne savait pas quoi dire, avant de répondre :

- Je ne suis pas sûre que ce soit une bonne idée, j'ai l'impression que mon mari ne sera pas d'accord.

- Voyons, vous êtes une jeune femme sensée, et puis votre mari vous laisse seule toute la journée, en plus je suis un vieux monsieur, et je vous propose même de me retrouver au Claridge, comme ça, nous serons au milieu d'une foule et votre réputation sera sauve.

Elizabeth enroula le fil du téléphone autour de son doigt, elle réfléchissait. Elle avait déclaré pas plus tard que ce matin à son mari qu'elle était une femme indépendante qui tenait à ne pas se laisser restreindre sa liberté de mouvement, mais maintenant qu'elle pouvait changer les paroles en actes, elle hésitait, il y avait loin de la coupe aux lèvres.

Une petite voix timide lui disait que Luke allait être fâché s'il apprenait que sa femme allait déjeuner dehors avec un inconnu, mais une autre voix, plus ferme celle-là lui soufflait Qu'après tout elle ne faisait rien de mal, et que puisque monsieur la laissait toute la journée toute seule, livrée à elle-même elle pouvait bien se permettre de passer du temps avec un ami de sa tante.

- C'est d'accord, je vous rejoins au Claridge, disons dans une heure.

- Je vous attendrais, à plus tard

- Oui, c'est ça, à plus tard.

Elizabeth posa l'écouteur sur le crochet doré, à présent elle regrettait un peu d'avoir dit oui. Elle soupira, puis se dirigea vers l'office ou elle tomba tout de suite sur Ned.

- Vous pourrez dire à la cuisinière que je ne mangerai pas ici à midi

Le majordome répondit

- Bien Mrs Farnsworth, en inclinant la tête, mais dans son intonation, Elizabeth sentit toute la désapprobation qu'un fidèle domestique pouvait mettre dans la voix quand il trouvait que sa patronne était déraisonnable. Mais Elizabeth fit comme si de rien n'étais. Elle monta dans sa chambre, afin de se changer. Il fallait se mettre sur son trente et un pour aller déjeuner dans un endroit aussi chic que le Claridge. Elle ouvrit son armoire, et se décida tout de suite pour son ensemble bleu marine, qui faisait très sérieux, la jupe était droite et plissée, avec des bandes blanches, et la cape qui accompagnait la robe était blanche à l'intérieur et bleue à l'extérieur. Elizabeth ajouta un long collier de perles. Ce n'était pas des vraies, mais cela ajoutait à l'ensemble une petite touche moderne.

Avant de sortir elle prit des gants blancs et un chapeau cloche bleu. Elle ne rencontra pas le majordome avant de sortir, et cela valait mieux, car si elle avait rencontré son regard plein de reproches, cela lui aurait gâté son plaisir.

Lorsqu'elle se retrouva dans la rue, elle hésita sur la marche à suivre. Allait-elle prendre un taxi ou le métro ? Elle se décida pour le métro, car ses années de vaches maigres, l'avaient habituée à dépenser parcimonieusement et un taxi lui semblait trop cher.
Elle dû marcher un peu avant de trouver un arrêt, et elle se retrouva dans la foule. Elle avait l'impression de ne plus avoir pris ce transport en commun depuis des siècles. Elle s'était très vite habituée à circuler en Bentley, et à présent elle se souvenait du bruit, des odeurs, et des tous ces gens qui s'entassaient dans un wagon. Elle dû rester debout et se tenir à la barre transversale qui servait aux gens pour ne pas tomber à toutes les secousses. Elle vit en face d'elle un homme assis en train de lire le Daily Mail, ct elle pensa que les bonnes manières se perdaient, normalement un gentleman aurait dû laisser sa place à une dame. Elle ne pensait pas spécialement à ellc, mais à cette femme à côté d'elle, qui portait un cabas rempli de légumes et à cette petite fille qui s'accrochait à ses jupes. Plus loin, un vieux monsieur avec une grosse moustache fumait la pipe, il était debout, mais Elizabeth songeait qu'il aurait fallu interdire de fumer dans les transports, car elle avait horreur de l'odeur du

tabac de mauvaise qualité. Une vieille femme était assise et fouillait dans son sac en marmonnant, et un jeune chenapan circulait dans le couloir. Elizabeth se demandait si ce n'était pas un pickpocket, et elle sera un peu plus contre elle son sac à main tout neuf.

Lorsqu'elle émergea du métro, elle se dit que la prochaine fois elle prendrait l'omnibus. Elle aurait bien aimé apprendre à conduire, et se voyait au volant de la Bentley. Mais certainement que Luke ne serait pas d'accord. Ah les hommes !

Déjà elle se retrouvait devant le Claridge. Elizabeth n'était jamais entrée dans le Claridge. Elle admira le grand carrelage noir et blanc, qui brillait comme un miroir, les tapis jeté ci et là et les profonds fauteuils devant une cheminée en marbres. Déjà un domestique stylé lui demanda

- Que puis-je faire pour vous Miss

Elizabeth sourit, en fin de compte elle ne ressemblait pas encore à une femme mariée.

- J'ai rendez-vous au restaurant avec Mr. Elliott Woodrow
L'employé de l'hôtel lui montra d'un geste du bras le restaurant en disant :

- Par ici Miss

Elizabeth le suivis, et arriva à une table tout au fond un peu à l'éloignée. Elliott se leva à son approche, et la salua et lui fit un baise main. Le serveur tint la chaise de la jeune femme, et Elliot s'assit lorsqu'elle le fut aussi. On tendit les menus, et après cela ils furent seul tous les deux.

- Vous avez choisi un endroit plutôt à l'écart, vous qui m'assuriez que nous serons au milieu d'une foule.
Elliott sourit

- J'ai envie de vous parler de choses sérieuses, et je ne suis pas sûr qu'on puisse le faire avec trop de monde autour.

- C'est ce que vous dites, le taquina Elizabeth en jetant un coup d'œil sur le menu.

Elizabeth lu toutes les bonnes choses qu'il y avait à manger, et elle ne sut quoi choisir.

- Il faut vraiment que je vous parle sérieusement. Je suppose que vous savez ou je pourrais trouver Irène

- Mm répondit Elizabeth tout en se demandant si elle allait prendre un turbot sauce crevette, ou un filet de bœuf à la Richelieu

- Vous m'écoutez ?

Elizabeth baissa le menu, et regarda Elliot qui avait posé le sien à côté de lui

- Mais oui je vous écoute. Vous pensez qu'il serait plus judicieux de prendre un quartier d'agneau à la dauphine, ou un jambon d'York au malaga et aux épinards ?

- Prenez ce que vous voulez, mais dites-moi enfin ou je peux trouver Irène.

Elizabeth posa le menu et regarda Elliott en face.

- je ne vous dirai pas ou la trouver avant d'avoir pris contact avec elle et de lui avoir demandé si elle est d'accord.
A ce moment-là, un serveur arriva et demanda

- Vous avez choisis ?

Elliott soupira puis se tournant vers l'employé, lui tendis son menu et répondit :

- je prendrai un carré d'agneau rôti à la menthe

Elizabeth fronça les sourcils elle avait du mal à se décider, mais en voyant les deux hommes la regarder avec attente elle se décida.

-Je prendrais un tournedos Rossini et son gratiné dit-elle enfin.

Il y eu encore une discussion sur les boissons avant que le serveur disparaisse, Elliott se tourna à nouveau vers la jeune femme

- Pourquoi êtes-vous venue alors

- Mais parce que vous m'avez invité, et vous avez beaucoup insisté. Et puis je voulais de me faire une idée sur votre personne. Tante Irène ne m'a jamais parlé de vous, j'ignorai votre existence jusqu'à hier soir.

- Elle ne vous a vraiment rien raconté de notre histoire ?

- Désolé, mais non. La seule chose que j'ai appris, et cela seulement ces derniers temps, c'est qu'elle avait déjà été fiancé. Mais elle ne m'en a pas dit plus, et j'avoue que je n'ai rien demandé parce que j'avais d'autres préoccupations à ce moment-là. Mais à présent j'aimerai bien savoir ce qui s'est passé entre vous.

Elliott soupira et s'adossa contre le dossier de la chaise, il semblait réfléchir à ce qu'il allait dire, lorsque le serveur revint avec les boissons.

Elizabeth bu une gorgée de son vin et regarda Elliott

- Alors, vous voulez me raconter ce qui s'est passé, où dois-je vous l'arracher de force

Elliott se pencha vers sa compagne les coudes sur la table deux mains jointe.

- J'ai été abandonné par mes parents à l'orphelinat, donc en sortant de cet institut je n'avais rien devant moi. J'avais fait un apprentissage chez un jardinier, et j'ai trouvé un travail chez des particuliers. J'étais un tout jeune homme, je ne gagnais pas des masses, et c'est pendant une Garden Partie chez mes patrons que j'ai rencontré Irène.

- Vos patrons vous laissaient fêter avec les invités ?

Elliott se mit à rire.

- Non bien sûr, le jardin était immense, je pourrais dire que c'était une sorte de parc entourant un château sur un ou deux hectares. La Garden party avait eu lieu devant la maison, et moi je travaillais derrière. J'étais en train de planter des pieds d'alouettes quand j'ai entendu une voix qui me disait : «

C'est quoi ces plantes ? » J'ai levé la tête et j'ai aperçu Irène. Elle s'ennuyait, et était partie à l'aventure. Nous nous sommes plu, et pendant tout l'été on se revoyait. Hélas, ses parents ont eu vent de notre idylle et y ont mis le holà. Nous avions décidé de fuir ensemble, de commencer une vie ailleurs. Nous étions jeunes, nous étions fous, nous croyions que l'amour pouvait tout vaincre.

Elizabeth était surprise, elle ne pouvait pas s'imaginer que sa tante qui était tellement pratique et lucide ait un jour décidé de s'enfuir avec un jardinier pour commencer une vie de labeur. Il est vrai qu'elle avait fini par vivre chichement, mais cela était dû aux circonstances et à la guerre.

- Mais en fin de compte vous n'avez pas fui, aie-je raison ?

Elliott soupira à nouveau, et fit tourner le pied de son verre en admirant les reflets rubis du vin.

- Non ça ne s'est pas fait. D'abord elle m'a dit qu'elle voulait attendre que son frère se marie, et ensuite…. Un nouveau soupir s'échappa.

- Ensuite ….

- Le père d'Irène tomba gravement malade et mourut. Irène vint me trouver en larmes et le cœur gros. Elle me confia qu'elle ne pouvait pas laisser sa mère, que nous devions nous séparer.

J'avoue que j'ai été en colère contre elle, et je suis partit mon but était l'Afrique, je me suis retrouvé au Botswana. J'ai vécu des aventures, j'ai eu faim, j'ai été dévoré par les moustiques, j'ai été très souvent en danger, j'ai même vécu pendant un an avec une tribu d'indigènes. Puis j'ai été convoyeur de diamants, et j'ai commencé à prospecter de mon côté.

J'aurai dû écrire à Irène, lui dire ce que je devenais, mais j'étais trop orgueilleux. Je m'étais dit que je ne reviendrais plus en Angleterre avant d'avoir fait fortune.

A ce moment-là, les plats arrivèrent, et Elliott se tut pendant le service. Lorsqu'ils furent seuls à nouveau Elizabeth demanda

- Et bien sûr, si vous pouvez m'inviter dans ce restaurant, c'est que vous avez fait fortune.

- Oui j'ai fait fortune, mais je ne suis pas revenu tout de suite, parce que je m'étais marié entre temps avec la fille d'un de mes patrons qui m'avait pris au piège

Elizabeth regarda Elliott surprise

- Vous êtes marié ?...

Chapitre vingt deux

Elliott eut un sourire un peu triste

- Je suis veuf, et j'ai été marié très peu de temps. C'était une jeune fille qui s'était mis en tête de me séduire, la fille d'un Hollandais qui s'était implanté là-bas. Il avait une plantation et une mine de diamant. Je travaillais pour lui de temps à autre, pour convoyer les pierres. Je ne sais pas pourquoi elle a jeté son dévolu sur moi, et au départ, je l'avoue, cela m'amusait, et me flattais plutôt. La blessure que m'avait infligée Irène avait été profonde, et c'était un baume pour ma fierté de savoir qu'une fille aussi riche, qui aurait pu avoir les meilleurs partis du pays, ait jeté son dévolu sur moi. Je l'avoue, je ne me suis pas beaucoup défendu contre ses avances, mais je n'avais pas du tout l'intention de l'épouser. Cela faisait quinze ans que j'avais quitté mon pays, et j'avais toujours l'intention de revenir et voir si Irène était encore libre.

- Que s'est-il passé ?

- Antje à fait en sorte qu'on soit découvert dans une situation très compromettante.

- Oh ! S'exclama Elizabeth

- Comme vous dites, dit Elliott avant de piquer sa fourchette dans un morceau d'agneau.

- Et vous avez été heureux avec elle ?

Elliott mâcha un moment avant de répondre

- A vrai dire, non, du moins pas au début, je lui en voulais, et je me suis vengé en la laissant souvent seule, et puis elle est tombée malade

Elizabeth gouta aux pommes de terre gratinées, et elle apprécia le fondant du légume.

- Vous avez eu des enfants ?

Elliott était en train de découper un morceau de viande, mais il leva la tête.

- Non, et il vaut mieux, je ne pense pas que j'aurai pu revenir pour rechercher Irène en ayant un enfant à charge

Elizabeth posa le verre ou elle avait pris une gorgée

- Pourquoi pas, je vous assure elle aime les enfants, d'ailleurs elle nous considère comme les enfants qu'elle n'a jamais eu.

- Toujours est-il qu'après la mort de ma femme, je me suis embarqué pour l'Angleterre avec un seul but, retrouver Irène. En arrivant j'ai engagé un détective privé, qui m 'a seulement appris qu'Irène avait dû vendre la demeure familiale après la mort de sa mère, à cause de la chute de certaines valeurs pendant la guerre, elle avait été ruinée, et vivait chez son frère.

Cette fois ci ce fut Elizabeth qui poussa un soupir, elle regarda un moment les petits légumes qui garnissaient son assiette, puis elle raconta à son tour ce qui s'était passé alors.

- Elle est venue vivre avec nous à la mort de grand-mère, papa avait lui aussi des soucis, et maman avait réduit considérablement notre train de vie. C'était pendant la guerre, à cette époque on pensait encore que tout allait s'arranger lorsque la paix reviendra, mais ce fut pire. Lorsque mes parents sont morts en l'espace d'un an en 1919 nous avons décidé d'aller nous installer à Londres.

- Londres est très grand, et il est facile d'y disparaitre

- Oui très facile dit Elizabeth en reprenant une bouchée de tournedos.

- Qu'allez-vous dire à Irène ?

- Je ne sais pas encore, mais je vous promets de lui dire que vous l'avez cherchée.

Ils ne parlèrent plus beaucoup après cela, et puis à la fin du repas, Elliott lui proposa de la raccompagner avec sa voiture à la maison.
Elliott possédait une Armstrong-Siddeley, un modèle un peu plus petit que les voitures de Luke, mais avec des sièges très confortables. Elizabeth se dit que c'était exactement le genre de voiture qui lui plairait si elle avait pu conduire

Lorsqu'elle entra dans le hall, Ned tout en prenant son chapeau et ses gants lui dit :

- Monsieur a téléphoné

Elizabeth émis un petit gémissement. Elle se dirigea vers la chambre, après avoir répondu

- Je suis dans mes appartements s'il retéléphone.

Elle enleva sa cape en entrant dans la pièce, et prit place sur un fauteuil.
Si Luke avait téléphoné, et que Ned lui a dit qu'elle était au Claridge en compagnie d'Elliott, elle s'attendait au pire. D'une certaine façon, la jalousie de son mari la flattait, mais d'un autre côté elle lui en voulait de ne pas lui faire confiance. Enfin il faudrait faire avec, se dit-elle. Elle se changea et puis redescendit dans la bibliothèque pour finir le livre d'Agatha Christie. Elle venait juste d'arriver au moment de la découverte du meurtre.
C'est comme ça que Luke la découvrit lorsqu'il revint à la maison.
Il resta un moment immobile dans l'encadrement de la porte, regardant son épouse qui s'était mis à l'aise dans un grand fauteuil. Elle avait enlevé ses chaussures, et avait remonté les pieds sur le siège, et lisait avec attention. Elle n'avait même pas entendu son arrivée, tellement l'histoire était prenante. Luke souris. Il la trouvait attendrissante, dans cette position.

- Alors tu sais déjà qui est le coupable demanda-t-il

- Hein ?!!! S'exclama-t-elle en le regardant un peu effaré.

- Tu lis bien un roman policier non

Elizabeth regarda le livre, puis son mari et répondit

- Non je ne sais pas qui est l'assassin, mais je soupçonne tout le monde.

Luke entra dans la pièce et s'approcha d'elle, lui prit le livre des mains, puis se pencha vers elle et l'embrassa. Comme chaque fois, la magie entre eux opérait, et Elizabeth ressentait un sentiment de plaisir jusqu'à ce que Luke lui dise

- Tu n'aurais pas dû sortir aujourd'hui.

Elizabeth ne répondit rien, mais elle n'en pensait pas moins. Elle déplia ses jambes, et remis ses chaussures, tandis que Luke se dirigea vers le bar et se versa un verre de Brandy

- Tu veux boire quelque chose ? Demanda-t-il

- Non merci répondit-elle, j'ai peur de t'envoyer le contenu dans la figure

Luke se tourna vers elle d'un air étonné, puis vint s'asseoir à côté d'elle sur le sofa.

- Tu sais reprit-il, aussi longtemps qu'on ignore ce que Reginald a l'intention de faire, il est plutôt imprudent de te promener en ville.

- Ecoute Luke, dit Elizabeth, il ne s'est rien passé, et je doute qu'il aurait pu se passer quoi que ce soit, j'étais toujours entourée de beaucoup de personnes, et j'ai l'impression qu'il ne se passera rien.

- Je me fais du souci pour toi. D'autant plus que ce matin j'ai pris contact avec un enquêteur et je lui aie demandé de garder un œil sur Reginald, et ce soir il m'a fait part que ce dernier avait disparu. On n'a aucune idée ou il se trouve et je te l'avoue, cela m'inquiète.

- Tu ne peux rien y faire de toute façon. Et ton travail, ça avance ?

Luke fronça sourcils, il se demanda si sa femme avait juste voulu changer de conversation ou si elle s'intéressait vraiment à son travail.

- Oui ça avance, je pense même que nous pourrons quitter la ville plus vite que je ne pensais. Et toi, comment était le déjeuner avec Woodrow ?

Elizabeth souris. Elle avait bien entendu une petite pointe de jalousie dans la voix de son cher et tendre, mais en ce moment elle en était plutôt flattée qu'ennuyée.

- Il m'a raconté toute ses aventures africaines, quel homme intéressant

Luke pris une gorgée de Brandy, puis s'adossa contre le divan et étira ses jambes dont il croisa les chevilles, prenant ainsi une pose un rien désinvolte. Puis il enleva sa cravate, et ouvrit les deux premiers boutons de sa chemise. Elizabeth l'observa, et commença à bouger de gauche à droite sur son fauteuil. La façon dont Luke se mettait à l'aise, faisais monter en elle la chaleur du désir. Et puis il posa son verre, et leva les bras pour croiser ses mains derrière sa nuque. Il la regardait avec un sourire en coin. Bien sûr qu'il savait quel effet avait sur elle ces muscles qu'il faisait gonfler, cette pose tout à fait lascive. Elle déglutit, et se leva, en disant :

- En fin de compte je vais quand même prendre un verre, et elle se leva très vite et se dirigea vers le bar. Elle aurait pu prendre un alcool fort, mais elle pensait que sa tête tournait déjà bien assez comme ça. Elle prit donc un verre d'eau de seltz et le vida d'un coup, sans se retourner. Elle ne s'aperçut pas que Luke s'était levé et s'approchait d'elle telle une panthère qui va bondit sur sa proie. Il était derrière elle, quand elle sentit sa présence. Il chuchota à sn oreille

- Toi aussi tu es une femme intéressante

Elizabeth sentit des frissons la parcourir, elle se tourna rapidement vers Luke et elle fut face à lui, proche l'un de l'autre, sans se toucher et pourtant comme s'il ne faisait plus qu'un. Elizabeth ne sut jamais ce qui serait arrivé, si à ce moment-là, Ned ne toqua pas à la porte.

Luke se retourna et cria

- Entrez

Ned entra d'un pas impassible. Il ne semblait pas remarquer la tension qui s'accrochait encore dans l'atmosphère.

- Miss Coleman demande à vous parler au téléphone Madame

Elizabeth se dirigea vers la porte, les genoux un peu tremblants.

- Tu m'excuseras dit-elle par-dessus son épaule avant de sortir. Elle était contente et déçue à la fois. Elle sentait que le moment qu'elle venait de perdre aurait pu être important. Elle prit le combiné.

- Allo tante Irène

- Oui bonsoir Elizabeth, je me suis dit que je t'appellerai tous les jours à cette heure-ci, je sais bien que tu te demandes comment ça se passe.
Elizabeth se mordilla les lèvres, à vrai dire elle n'avait plus pensé au siens, sa relation avec Luke, le danger que représentait son frère avait complètement envahis ses pensées. Il est vrai qu'elle avait beaucoup parlé de tante Irène, mais sans se faire de soucis à son propos

- Oui bien sûr. Et alors, quoi de neuf ?

- Hubert est sorti promener son chien, et est revenu mouillé comme une soupe. Il parait qu'il lui a lancé un bâton qui est tombé malencontreusement dans la rivière, et Comet a plongé, et Hubert avait peur qu'il ne se noie parce que le courant était un peu fort à cet endroit. Je lui aie bien expliqué que les chiens savent nager, mais il n'a pas été convaincu. Enfin espérons qu'il ne va pas attraper un rhume.

- Moi aussi j'ai des nouvelles pour toi.

- Ah ! Oui, j'espère que tu vas me dire qu'entre ton mari et toi tout marche bien, et que tu es heureuse de l'avoir épousé.

- Il y a eu d'autres évènements, mais je t'en parlerai quand on se verra, ce qui vas être plus tôt que prévu comme viens de me l'annoncer Luke.

- Mais c'est merveilleux, tu verras comme il fait beau ici, les paysage, et surtout les voisins, figure toi….

Elizabeth interrompit le verbiage de sa tante

- Tante Irène j'ai fait la connaissance d'un monsieur qui assure t'avoir très bien connue dans ta jeunesse

- Ah ! Oui, laisse-moi deviner c'était peut-être Alvin Prendergast qui a demandé ma main, mais c'était un raseur, ou alors notre ancien voisin Elias Courtney, il était toujours si gentil, si polis, où alors peut-être…

- Elliott Woodrow dit Elizabeth.

Le silence se fit au bout de la ligne, on n'entendit plus rien.

- Allo ! Tante Irène ! Tu es toujours là ?

Il y avait un peu de grésillement dans l'appareil, mais rien qui n'indiquait que la liaison avait été coupée. D'ailleurs si cela avait été le cas certainement que la demoiselle du central téléphonique lui aurait parlé.

- Oui, je suis toujours là, répondit Irène après un moment. D'une voix presque éteinte.

- Ça va tante Irène ?

- Oui…. Oui ça va

- Il m'a demandé où je pouvais te trouver

- Tu lui as dit ? demanda Irène un peu brusquement

- Non, surement pas, il m'a invité au Claridge pour déjeuner, et là je lui aie dit que je te demanderai ton avis avant.

- Au Claridge !!! Il t'a invité au Claridge ? Mais c'est impossible, c'est un restaurant de luxe jamais il n'aura pu payer

- Eh bien tu as tors. Figure-toi que ton Elliott a découvert une mine de diamants en Afrique et qu'il a fait fortune. Il m'a raconté ses aventures.

- Ce n'est pas mon Elliott, entendit Elizabeth, et je me demande bien pourquoi il me cherche. Ça fait vingt ans qu'il a disparu de la circulation, et puis maintenant il veut me voir, ça n'a pas de sens. Dis-lui que je me suis enfuie avec le facteur

Chapitre vingt trois

Le bonheur c'est simple comme un coup de fil
(Pub Télécom)

Elizabeth reposa le combiné. Jamais elle n'aurait cru que tante Irène aurait ainsi abruptement interrompue une communication.

Elle se retourna et vit Luke accoudé contre le chambranle de la porte menant à la salle à manger.

-Tu as eu de mauvaises nouvelles ? demanda-t-il

Elizabeth le regarda encore un peu secouée par la réaction de sa tante. Elle se dirigea vers la salle à manger et répondit

- On peut dire ça.

Luke tint la chaise à sa femme puis s'assis en face d'elle en attendant que le dîner fût servi.

- Raconte, demanda-t-il

Elizabeth soupira.

- J'avais promis à Elliott de demander à Irène si je puis lui dire où elle se trouve, figure-toi qu'elle n'est pas enchantée du tout de sa réapparition, elle m'a même demandé de lui faire savoir qu'elle s'est enfuie avec le facteur.

Luke se mit à rire, lorsque Ned entra suivit d'une soubrette pour les servir. Lorsqu'ils eurent disparu, Elizabeth se pencha un peu vers son mari et lui dit

- Très franchement je me fais du souci, j'ai l'impression que le retour de son ancien fiancé a beaucoup contrarié tante Irène

- D'après ce que j'ai compris, il l'a abandonné pour courir chercher fortune, donc il est normal que ta tante ne le voie pas revenir d'un bon œil.

- Pas du tout, c'est tante Irène qui a rompus, lorsque grand-père est mort, donc elle ne devrait pas en vouloir à Elliott

- Oh ! Je vois que tu le défends, ce cher Elliott, mais dit toi que ta tante le connaît certainement mieux que toi et que j'ai plutôt l'impression qu'elle a surement des raisons pour ne pas vouloir être retrouvée par lui.
Mais j'avoue que cette idée qu'elle se soit enfuie avec le facteur, est plutôt amusante et originale.

Ned revint servir l'entrée.

Elizabeth plongea sa cuillère dans un potage au petit pois onctueux. Elle gouta avec délice cette soupe printanière avant de reprendre la conversation interrompue

- Ce que je ne comprends pas, c'est que tante Irène ne veuille pas voir Elliott, si elle a des griefs contre lui, pourquoi ne pas le rencontrer pour lui en faire part une bonne fois pour toute, comme ça il sait où il en est.

Luke versa du vin dans leurs verres, puis il répondit

- Peut-être qu'elle a peur de succomber si elle le revoie

Elizabeth ne dit rien, elle réfléchissait à la meilleure manière de procéder afin d'aider Elliott et Irène. Elle était sure qu'il fallait qu'ils se voient pour s'expliquer une bonne fois pour toute, mais elle ne voulait pas aller contre la volonté de tante Irène
Luke regarda sa femme il se demanda pendant un moment ce qu'elle mijotait, mais il ne dit rien, après tout il verra bien ce qui allait se passer.

- Que vas-tu dire à Woodrow, demanda Luke après un moment de silence

- Rien, tante Irène ne veux pas le voir, et je ne veux pas aller contre sa volonté.

Ils ne parlèrent plus jusqu'à la fin du repas, Elizabeth était trop absorbée par ses pensées, mais lorsque qu'ils eurent fini le dessert, Luke se leva de sa chaise, et se dirigea vers sa femme.

- Qu'est-ce que tu as l'intention de faire, demanda Elizabeth qui le vit venir vers elle un peu inquiète

- Je vais te changer les idées

Ce disant il la souleva de sa chaise, et la prit dans ses bras tout en se dirigeant vers la porte

- Arrête que vont penser les domestiques ! S'exclama-t-elle

- Ils penseront qu'on est toujours en lune de miel, répondit Luke en montant les escaliers.
-

 Mais nous ne pouvons pas déjà nous coucher, il est beaucoup trop tôt

- Je n'ai pas du tout l'intention de dormir ma chérie

- Luke… !

Mais déjà il avait ouvert la porte et entra d'un coup d'épaule avant de la poser sur le lit. Puis il l'embrassa.
Lorsqu'elle reprit sa respiration Elizabeth lui dit

- Je ne suis pas sûre que ce soit une bonne idée

Luke ne dit rien, il se dirigea vers la porte pour la fermer, et revint au lit.

- Au contraire je trouve que c'est une excellente idée. Puis il entreprit de la déshabiller, et de la caresser. Pendant un long moment il n'y eu que le bruit du froissement des vêtements des soupirs et gémissements.

Un rayon de soleil fit ouvrir les yeux à Elizabeth. Elle se tourna et s'étira. Luke avait disparu, elle pensait qu'il était dans la salle de bain, mais on n'entendait aucun bruit. Elle se rappelait tous ce qu'il avait faits hier soir, et elle rougit. Après avoir fait l'amour, ils avaient pris un bain ensemble, et ensuite Luke lui avait appris des tas de chose sur son corps a lui et à elle aussi. Elle soupira de contentement, ensuite ils avaient parlé pendant longtemps, mais ni à propos de tante Irène ni même de Réginald, non, ils s'étaient raconté leurs souvenirs de jeunesses, leurs aspirations leurs rêves, ils avaient même parlé du nombre d'enfants qu'ils voudraient avoir. Elizabeth avait envie de revoir Luke tour de suite, pour voir dans ses yeux qu'elle n'avait pas rêvé, que lui aussi sentait combien ils s'étaient rapprochés l'un de l'autre. Mais voilà Luke avait disparu. Elizabeth était déçue, lorsqu'elle vit du coin de l'œil un morceau de papier sur l'oreiller de son mari. Elle le prit et lu

Ma chérie
Je suis désolé de te laisser seule après une nuit si merveilleuse, mais mes affaires m'appellent, et je veux à tout prix en finir une bonne fois pour toute afin de pouvoir me consacrer enfin tout à toi. Essaie de ne pas trop t'ennuyer, je vais rentrer aussi vite que possible
Tu me manques déjà
Luke

Elizabeth soupira et pressa la notice sur son cœur. Il n'avait pas dit « Je t'aime », mais elle était sure qu'un jour ou l'autre il lui dira ces mots, et à ce moment-là elle pourrait elle aussi lui avouer son amour. Elle l'avait compris hier, lorsqu'ils avaient échangé des confidences.
Elle chantonna pendant qu'elle faisait sa toilette, et descendit l'escalier d'un pas dansant. La vie était belle. Pendant qu'elle mangeait, elle réfléchit à ce qu'elle pourrait bien faire toute la journée, et décida de passer quelques coups de fils.
Le premier fut à Elliott. Ce dernier lui avait donné son adresse téléphonique, et Elizabeth se dit que s'il était tellement impatient de connaitre le lieu où se trouvait tante Irène, il ne lui voudra pas de lui téléphoner à cette heure matinale.

Il décrocha dès la deuxième sonnerie et Elizabeth n'eut même pas le temps de s'en étonner, que déjà il disait

- Woodrow à l'appareil

- Bonjour Elliott, ici Elizabeth, je voulais vous dire que j'ai parlé à tante Irène, et il semblerait qu'elle ne soit pas aussi enthousiaste à la pensée de vous rencontrer

- Vous parlez par énigme, qu'est-ce que ça veut dire ?

- Que je ne peux en aucun cas vous dire où elle est, d'ailleurs le seul message qu'elle m'a chargé de vous donner c'est, je cite « dit lui que je me suis enfuie avec le facteur »

- Elle a dit ça ?

- Oui hélas, mais lorsque je la verrai j'essayerai de la convaincre, par téléphone ce n'est pas si facile surtout qu'elle a l'occasion de raccrocher si je lui dis quelque chose qu'elle ne veut pas entendre

- Oui, donc vous, vous sentez moralement tenue à me cacher l'endroit où elle se trouve ?

- C'est ça, je suis désolé

- Tant pis, mais je vous remercie quand même de m'avoir prévenu au revoir Elizabeth

- Au revoir Elliott

Déjà il avait raccroché. Elizabeth regarda un moment le combiné. Elle était un peu étonnée qu'Elliott n'ai pas plus insisté. Puis elle raccrocha le combiné avant de le reprendre pour appeler Hannelore. Cette fois ci elle n'eut pas sa correspondante aussi vite, c'est la gouvernante qui répondit, et qui lui fit comprendre qu'elle devait attendre un moment. Enfin la voix agréable de Hannelore répondit

- Allo Elizabeth, c'est toi ?

- Oui Hannelore, bonjour. Je voulais te demander si tu avais le temps de faire les boutiques avec moi cet après-midi, Luke ne va pas rentrer avant ce soir, et comme je n'ai vraiment rien à faire je me suis demandé si tu avais envie de m'accompagner.

- Je ne sais pas encore, car vois-tu nous avons eu une visite surprise, la cousine de mon mari est venue nous rejoindre. Elle et son mari vivent en Poméranie, et ils sont de passage à Londres.

- Eh bien tant pis répondit Elizabeth déçue

- Attends, je ne dis pas que c'est impossible, mais je veux juste demander à Charity si elle veut nous accompagner.

Elizabeth entendit le bruit du combiné que la jeune femme posa sur la tablette en marbre de la console du hall. D'une certaine façon, elle regrettait un peu d'avoir appelé, car elle ne savait pas si elle avait envie de courir les magasins avec une inconnue. Elle espéra que cette Charity décline l'offre. Après ce qui lui semblait une éternité, le bruit du combiné lui signala que Hannelore était de retour.

- Allo, tu es encore là ?

- Oui bien sur

- Alors voilà, Charity est d'accord pour aller faire un tour dans les magasins, elle avait de toute façon envie de dévaliser des boutiques, car d'après elle l'endroit où elle habite n'a pas de telles opportunités. Son mari est allé visiter des haras un peu en dehors de la ville, car il a l'intention d'acheter des pur-sang, parce qu'ils ont un élevage. Colin l'accompagne, ils s'entendent comme larrons en foire, et nos enfants vont rester sous la surveillance de Nanny

- Elle a des enfants ? demanda Elizabeth

- Un petit garçon de dix-huit mois, mais il sera très bien à la nurserie, et ça nous fera beaucoup de bien de rester comme ça entre femmes.

- D'accord, est ce que je viens chez vous, ou bien vous passez chez moi ?

- Charity est venue avec sa petite voiture, elle ne s'en sépare jamais, donc je pense qu'on passera te prendre, disons à quatorze heures

- D'accord je vous attendrais.

Elizabeth posa le récepteur, pensive. En fin de compte la cousine de Hannelore l'intriguait, voilà une femme qui voyageait d'un pays à l'autre en emmenant sa propre voiture. Que dirait son mari à ce propos ? Se demanda Elizabeth, elle enviait cette inconnue qui avait su conquérir son indépendance rien qu'en sachant conduire.

Elle retourna dans la bibliothèque afin de finir son roman policier.
Alors qu'elle eu fini son déjeuner solitaire, le téléphone sonna, et Ned lui dit que Luke était au bout du fil.

- Elizabeth je voulais savoir si ta matinée c'est bien passée ?

- Je ne sais pas trop. J'ai téléphoné à Elliott

- Encore lui ! S'exclama Luke

- Il voulait savoir si j'avais pris contact avec Irène, et si je daignais enfin lui donner son adresse. Il a été plutôt déçu que tante Irène ne veuille pas le revoir

- Tu lui as dit à propos du facteur ?

- Oui, il a raccroché assez rapidement, et j'en suis désolée, parce que je suis arrivée à la conclusion qu'en fin de compte ma tante serais très bien avec lui, maintenant que je suis mariée, que mes frères vont aller dans des écoles ou ils ne rentreront que le week-end, elle va se sentir désœuvrée

- Elle s'en remettra. Et part ça, quoi de neuf ?

- Je vais faire des courses avec Hannelore

- Tu ne peux pas sortir, on ne sait pas ce qui pourrais t'arriver

- Je ne prendrais pas les transports en commun, la cousine de Colin a une voiture, elle viendra me chercher

- Quoi….

- Bon il faut que je te laisse, il faut que je me prépare, à ce soir.

Luke ne répondit pas, et Elizabeth supposa qu'il était étonné, et elle riait intérieurement de son ahurissement

Chapitre vingt quatre

Il y a une foule de sottises que l'homme ne fait pas par paresse
Et une foule de folies que la femme fait par désœuvrement.
(Victor Hugo)

Elisabeth riait encore en rentrant dans sa chambre pour se changer. Il est vrai qu'il n'y avait pas tant que ça de femmes qui conduisaient des voitures, et la cousine de Hannelore devait être du genre audacieux. Alors qu'elle sortait de sa chambre, elle entendit la sonnette de la porte d'entrée. Le temps de descendre, et Ned avait déjà introduit les visiteuses dans le petit salon. Elizabeth se dépêcha de descendre les marches. Elle pensa que tante Irène aurait secoué la tête de mécontentement si elle avait pu voir comme sa nièce courait dans les escaliers. Heureusement que la mode avait beaucoup changé depuis la dernière guerre, car avec les tournures que portait encore sa mère, cela n'aurait pas été possible.

Elle entra d'un pas plus mesuré dans la pièce où ses visiteuses l'attendaient. Elizabeth fut un peu surprise de l'apparence de Charity. Elle s'était attendue à rencontrer une femme entre deux âges, maigre et sèche, un peu comme Mrs. Chambers son ancienne voisine qui était une suffragette convaincue.

« Vraiment c'est fou comme on se laisse influencer par les stéréotypes. » Se dit-elle à part elle-même.

Elle découvrit une jeune femme d'une trentaine d'années, avec une tête remplie de boucles rousse, et un regard vert pétillant. Hannelore se précipita vers Elizabeth et l'embrassa, tout en disant,

- Permet moi de te présenter Charity Coleridge Von Reisig. Elizabeth s'approcha de la cousine de son amie un sourire aux lèvres en lui tendant la main

- Je suis heureuse de faire votre connaissance

Charity prit la main tendue, et lui rendit son sourire

- Moi de même

- Voulez-vous boire quelque chose avant de partir

- Non merci sans façon répondit Hannelore, il y a un café chez Harrods on nous pourrons boire quelque chose si nous avons soif

- Je n'ai jamais été dans ce magasin, il était beaucoup trop cher pour moi. Fit remarquer Elizabeth

Hannelore l'entraina vers la porte

- Allez viens, il y a beaucoup à voir.

La jeune femme se retrouva à l'arrière d'une petite voiture, et elle observa la façon dont Charity conduisait. La manière qu'elle avait de se glisser sans problème dans la circulation de la ville et ceci plutôt rapidement. Plusieurs fois Elizabeth cru voir sa dernière heure arrivée alors que Charity dépassait un coche. Elle ferma les yeux, mais les ouvraient de nouveau assez vite pour voir quand même. Hannelore s'était tourné vers elle pour lui demander quelque chose, et se mit à rire.

- La première fois que je suis monté en voiture avec Charity j'ai eu la même réaction que toi, je pensais qu'à chaque tournant m'attendais la mort

- Arrête, la reprit Charity, je me souviens très bien que tu n'aimais pas les voitures, que tu trouvais que rien ne valait un bon et solide carrosse tu étais emplie de préjugés contre je cite « ces machines infernale »

- Avoue quand même que ta façon de conduire est plutôt risquée

- Pas du tout, je n'ai jamais eu d'accident, et sache que ma conduite n'est pas imprudente, mais sportive.

Hannelore s'esclaffait

- Sportive, tu en a de bonne même Elizabeth n'ose pas regarder

Charity grommela en enlevant un peu le pied de l'accélérateur.

- Bon j'irai plus doucement, mais nous mettrons beaucoup plus de temps

- Mieux vaut prendre son temps, plutôt que de se dépêcher et de rentrer dans quelque chose.

Lorsqu'elles arrivèrent à Brampton Road, il y avait tellement de monde, que Charity mit un temps fou pour trouver une place où se garer.

Lorsqu'elles entrèrent enfin dans le magasin, les effluves de parfums couteux les accueillirent Il y avait au rayons une vendeuse qui faisait essayer diverses essences aux clientes. Celui qui semblait avoir le plus de succès était d'une couleur ambrée dans un flacon carré plutôt simple.

- C'est un parfum français disait la vendeuse à plusieurs dames qui l'écoutait attentivement, il a beaucoup de succès à Paris

- Et il s'appelle comment ? demanda Charity

- Chanel 5

- Drôle de nom pour un parfum dit Elizabeth

Elles s'approchèrent un peu plus près pour voir les flacons qui garnissaient les étagères

- Tiens celui-là à un nom intéressant, « Shalimar », ou celui-là « Arpège »

Pendant ce temps Hannelore qui n'aimait pas trop les odeurs fortes s'était approché du rayon des cosmétiques et regardait des petits tubes posés derrière la vitrine. Une vendeuse avait vu l'intérêt que portait Hannelore pour l'article.

- C'est un rouge à lèvres indélébile, lui dit-elle

- Comment ça indélébile, on ne peut plus l'enlever ?

La vendeuse se mit à rire

- Mais non Mrs. Lorsque vous embrassez votre mari, votre rouge à lèvre ne reste plus sur lui, mais vous pouvez l'enlever très facilement avec du lait démaquillant. C'est un article français, ça s'appelle Rouge Baiser.
Décidément pensa Hannelore, les vendeuse avaient toute la manie de toujours préciser la provenance des produits au-delà de la Manche comme si cela faisait mieux vendre le produit.
Les jeunes femmes eurent vite assez des cosmétiques, et se dirigèrent vers la section chaussures. Elizabeth resta un instant immobile, elle avait du mal à savoir qu'elle chaussures elle préférait. Déjà Charity essayait une paire avec des lanières. Elles restèrent un moment dans le rayon, et chacune partit avec au moins une paire. Puis il y eu les chapeaux, qu'elles essayèrent

- J'en aurais bien besoin, dit Charity, comme mon mari élève des chevaux de courses je vais très souvent l'accompagner pour les grands prix, et je vous avoue que la plupart des connaissances de Helmut s'attendent à ce que je vienne avec des chapeaux extravagants

- Pourquoi ça ? demanda Elizabeth

- Parce que tout le monde sait que je suis anglaise, et on est célèbre pour ce genre de folie répondit-elle en riant.

Mais la plupart des couvre-chefs était décent, la mode des grandes capelines était passée.
Tandis que Charity et Hannelore admirait les vêtements, Elizabeth se dirigea vers le rayon des gants. Elle se dit qu'elle devrait profiter du fait qu'elle était ici pour en acheter

pour l'anniversaire d'Irène. Elle choisit une paire en tissus écru qui recouvrait encore le bras de quelques centimètres.
La prochaine étape fut les rayons de jouets. Il n'était pas concevable que des mamans passent à côté d'un tel rayon. Ce furent que des ah ! Et des oh ! Quelque part elles retrouvaient leur âme d'enfant. Hannelore était en extase devant un fourneau miniature, vendu avec toute une batterie de casseroles en fer blanc

- Tu crois vraiment qu'une petite fille de deux ans puisse jouer avec ça ? demanda Charity ironiquement

- Elle n'aura pas toujours deux ans rétorqua Hannelore.

En fin de compte, Charity acheta pour son fils un ours en peluche Steiff

- Tu aurais pu l'avoir en Allemagne pour beaucoup moins cher lui fit remarquer Hannelore

- Quand on aime on ne compte pas

Elizabeth quant à elle se décida d'acheter un jeu de criquet pour Hubert.

Elles déposèrent leurs paquets à la consigne ou on leur promit de les livrer avant le soir.
La dernière visite fut pour le rayon des gourmandises, elles s'en donnèrent à cœur joie, en choisissant des gâteaux pour le thé. Elizabeth acheta en outre une petite boîte de pralinée pour Margaret et des caramels pour Daniel. Après cela elles décidèrent de rentrer afin de prendre le thé, car Colin et

Helmut devaient certainement attendre leurs épouses avec impatience.

La circulation fut un peu plus fluide car la plupart des anglais ou qu'ils étaient, se dépêchaient de rentrer chez eux pour boire leur thé quotidien. Hannelore expliqua à ses deux amies qu'au début elle avait mis un certain temps avant de s'habituer à ce rituel. Charity par contre se plaignit qu'en Allemagne on ne trouvait pas de thé de bonne qualité. Elle en ramenait toujours quand elle revenait d'Angleterre.

Helmut et Colin étaient en train de discuter dans la bibliothèque sur les avantages et les inconvénients des pur-sang arabes, par rapport aux pur-sang anglais. Mais lorsqu'ils entendirent les voix de leurs épouses, ils vinrent les rejoindre dans le petit salon ou une soubrette préparait la table. Les jeunes femmes posèrent sur des assiettes les différents gâteaux et autres amuses gueules qu'elles avaient ramenées de leurs courses. Lorsque les hommes entrèrent dans la pièce, Hannelore présenta Elizabeth à Helmut, tandis que Colin inspecta toutes les gourmandises.

- Ça m'a l'air bon tout ça ! Vous avez dévalisé le rayon pâtisserie à ce que je vois dit Colin d'un air amusé.

Hannelore lui donna un petit coup contre le bras en disant

- Là tu exagère il n'y a pas tellement de victuailles, et lorsque les enfants viendront s'y mettre je parie qu'il ne restera plus rien.

Elizabeth fut un peu étonnée lorsque la nourrice entra avec les trois enfants, et les laissa à la surveillance de leurs parents.

Anthony s'assit sur une chaise, il était assez grand pour ne plus se faire nourrir. Lisa sourit à sa mère en lui disant des mots que seule cette dernière comprenait, tandis que Karl le fils de Charity bavait sur la chemise de son père.

Hannelore posa sa fille sur les genoux de Colin, et entreprit de servir le thé à tout le monde. Puis elle passa les amuse-bouche à la ronde.

Elizabeth se sentit d'abord comme une intruse dans cette scène familiale, mais un sourire de Hannelore et un clin d'œil de Charity la mirent bientôt en confiance.

- Je me demande qu'est-ce que vous avez encore acheté, dit Colin en prenant un gros morceau de cake aux raisins.

- Je parie sur des chaussures répondit Helmut en donnant un morceau de muffin à son fils.

- Et pourquoi je te prie demanda Charity pense tu nécessairement qu'on s'est acheté des chaussures ?

- Mais parce que les femmes sont connues pour ça pardi

Charity prit sa serviette et la tapa contre l'épaule de son mari

- Je te prie de ne pas mettre toutes les femmes dans le même panier

Helmut se tourna vers Elizabeth, avec des yeux rieurs, et demanda

- Dites-moi la vérité, elles ont acheté des chaussures ?

Elizabeth mis sa serviette devant sa bouche pour glousser. Elle trouvait l'ambiance un peu comme avec sa famille

- Euh ! Répondit-elle, il me semble que nous avons été au rayons chaussure, mais je ne saurai si elles en ont vraiment acheté, je les aie perdus de vue à ce moment-là quand je suis allée acheter des gants.

- Toutes les mêmes ! S'exclama Colin, elles se soutiennent entre elles

- On est bien obligées face à des mâles de votre espèce répondit Hannelore.

- De toute façon nous n'aurons aucune chance contre vous reprit Helmut

Ils y eu des rires, les enfants y mettait le leur et Elizabeth se sentir acceptée. Elle était heureuse. Lorsque son regard tomba sur la pendulette sur le buffet, elle s'exclama

- Mon Dieu il faut que je rentre, Luke m'avait dit qu'il tâcherait de rentrer plus tôt, et il va être furieux si je reste absente trop longtemps

- Je vais te ramener dit Charity en se levant.

- Pas la peine, j'ai vu qu'il y avait des taxis pas loin, ce sera plus pratique.

Charity essaya encore de la convaincre, quand Hannelore se mêla à la conversation, en disant

- Je crois qu'elle a assez soupé de ta façon de conduire

- Peu ! Fut la seule réponse de Charity.

Déjà le majordome apporta les affairas d'Elizabeth, et cette dernière embrassa ses amies, ainsi que leur conjoint et les enfants. Et lorsqu'elle fut sur le trottoir un grand sentiment d'euphorie l'empli toute entière. Elle dû batailler un instant avant de faire arrêter un taxi, mais sa bonne humeur était telle, qu'elle donna avec un grand sourire son adresse au chauffeur En route elle se demanda si ses achats avaient déjà été livré, et se rendit compte avec consternation qu'elle n'avait rien acheté à Luke. Elle se promit de trouver quelque chose pour lui qu'elle payera avec l'argent qu'elle avait mis de côté pour les coups durs.
Arrivée devant la porte, Luke apparut dans l'encadrement avec un air grave. Pendant un moment ils se regardèrent sans mots dire, puis Elizabeth demanda

- Qu'est ce qui s'est passé ?

- Ta tante vient d'appeler, Hubert a disparu

Chapitre Vingt-Cinq

Les bons moments deviennent de bons souvenirs
Les mauvais moments de bonnes leçons
(Anonyme)

Elizabeth était comme tétanisé. Passé de la joie la plus pure au désespoir le plus sombre l'avait complètement submergée.

Elle entra dans la maison sans rien dire, enleva son chapeau et ses gants machinalement. Luke de son côté ne savait pas ce qu'il devait faire pour la sortir de cet état.

- Peut-être qu'elle se fait du souci pour rien, certainement que le gamin est parti à l'aventure avec son chien, et il s'est perdu. Il finira bien par trouver quelqu'un qui l'aidera à revenir

Elizabeth se tourna vers son mari. Son visage était pâle comme la mort.

- Tu crois vraiment

Luke soupira. Il avait tenu à ce que dans leur couple chacun soit honnête l'un envers l'autre, il sentait qu'il ne pouvait pas lui mentir, même si s'était pour la tranquilliser.

- J'ai demandé aux domestiques de préparer nos bagages, nous partons aussi vite que possible, et si nous nous dépêchons nous arrivons sur place avant que la nuit ne soit trop tombée.

Elizabeth ne dit rien, elle se contenta de secouer la tête de haut en bas, avant de monter les marches qui conduisaient à sa chambre, comme si elle allait vers l'échafaud. Des souvenirs lointains lui revinrent à l'esprit. Elle revit ce matin où elle s'était levée dans la maison de ses parents, les domestiques qui étaient tous excités, et sa tante Irène qui était entrée dans la chambre pour lui annoncer qu'elle avait un petit frère. Elle n'avait pas été aussi heureuse qu'elle aurait dû l'être, en tant qu'aînée, elle trouvait qu'elle avait bien assez avec Margaret et Daniel. Mais lorsqu'elle était entrée dans la chambre de sa mère et qu'elle avait vu le petit bébé rose qui baillait à s'en décrocher les mâchoires, elle avait fondu. Elle se revoyait dans le parc en train de le promener dans ce grand landau, elle se souvenait de ses premiers pas, de ses premiers mots, des réflexions d'enfants qu'il faisait et qui arrivaient comme un cheveu sur la soupe. Sans s'en rendre compte des larmes coulèrent sur ses joues, et elle les essuya d'un revers de main avant de pousser la porte de sa chambre pour découvrir la soubrette en train de faire sa valise.

- C'est bon Elise je vais finir mes bagages dit-elle d'une voix enrouée.

La domestique fit une petite révérence et sortit. Luke entra par la porte de communication, il observa son épouse qui ajouta quelques sous-vêtements dans sa valise. Elle avait l'intention de rester avec sa famille quoi qu'il arrive, si on retrouvait Hubert… Elle n'osa pas aller au bout de ses pensées, elle n'osa pas se dire « Et si on ne le retrouvait pas ? »
Luke entra, il la prit dans ses bras, il sentait qu'il n'y avait que ça à faire. Il la serra fort en lui disant

- Ne pleure pas mon amour, je suis sûr qu'on le retrouvera, il ne peut pas disparaître comme ça.

- Il est là dehors quelque part, il est peut-être blessé, il s'est peut-être noyé dans la rivière, ou est tombé d'un arbre, ou alors il est prisonnier d'un piège posé par un braconnier ou…

- Chut Lui intima Luke en mettant un doigt sur sa bouche. Tu ne fais que te rendre malade en t'imaginant de telles histoires. D'abord il ne peut pas se noyer dans la rivière, elle n'est pas assez profonde, ensuite s'il réussit à grimper sur un arbre, il réussira aussi à en descendre, et pour finir, il n'y a pas de piège, il y a un bon garde-chasse qui fait sa tournée dans les environs et il n'aura jamais toléré de tels procédés

- Mais … Essaya d'argumenter Elizabeth, mais déjà Luke prit sa valise et lui dit

- Allez viens, dépêchons-nous.

Elizabeth le suivit, elle continua à s'imaginer toutes les calamités qui auraient pu arriver à son frère.
Ils ne parlèrent pas pendant les premiers kilomètres, chacun était plongé dans ses pensées.

Le silence était presque assourdissant dans l'habitacle de la voiture. Luke ne savait pas vraiment quoi dire, et puis il devait se concentrer sur la route, car la nuit tombait déjà, et la route était longue. Elizabeth de son côté savait que si elle ouvrait la bouche, et qu'elle laissait sortir ce qu'elle avait sur le cœur, elle se mettrait à pleurer, et Luke n'avais vraiment pas besoin de ça.

Une heure plus tard, ils durent s'arrêter devant un magasin de pétrole afin de remplir le réservoir, la poste venait de fermer sinon Elizabeth aurait essayé de joindre tante Irène afin de savoir si on avait retrouvé Hubert entre temps. Puis le voyage reprit, Il faisait maintenant complètement nuit, et les phares avaient du mal à trouer le paysage campagnard. En plus les routes étaient en mauvais état par endroit, et donc il était impossible de faire une pointe de vitesse. Elizabeth pensa un moment s'il n'aurait pas été plus rapide de prendre le train.

Lorsqu'ils arrivèrent à Exeter, Luke s'arrêta à une auberge.

- Qu'est ce qui se passe ? demanda Elizabeth, pourquoi nous arrêtons nous ?

Luke se tourna vers sa femme et lui dit

- Il faut que nous mangions un morceau pour garder nos forces

- Mais Luke nous ne sommes pas loin de la maison nous ne pouvons pas nous arrêter

Luke soupira, il s'était bien dit qu'elle ne comprendrait pas. Il se tourna vers elle et prit son visage entre ses mains.

- Lorsque nous arriverons et que tu seras avec ta famille je ne suis pas sûr que tu voudrais manger, mais il faut que tu prennes des forces, de toute façon nous ne pourrons rien faire pendant la nuit, il faudra attendre demain matin pour commencer les recherches.

L'auberge était petite, mais semblait conviviale. Elizabeth demanda tout de suite s'il y avait un téléphone. Hélas il n'y en avait pas encore, et Elizabeth en fut dépitée.
Une boule bloquait sa gorge, elle se sentait incapable d'avaler quoi que ce soit. Elle jouait avec le bout de sa fourchette avec la salade dans son assiette. Elle leva la tête, et regarda son mari qui observait d'un air pensif son verre de vin.

- A quoi penses-tu ? demanda-t-elle

- Je me demande si Réginald a quelque chose à voir avec la disparition de ton frère

Elizabeth pâlit

- Mon Dieu, tu crois qu'il va lui faire du mal ?

- Mais non, il n'a aucune raison de maltraiter ton frère, il veut juste une monnaie d'échange, et il n'est pas sûr que ce soit lui le responsable de la disparition d'Hubert

Elizabeth ne répondit pas tout de suite elle semblait réfléchir, puis elle demanda

- Ou se trouve ta maison d'enfance ?

Luke se pinçais les lèvres puis répondit

- A une vingtaine de kilomètre de mon manoir

- Je vois, dit Elizabeth

- Ah ! Oui

- Lorsque tu as réussi, tu as certainement eu envie que ta famille le voie, même si tu ne t'entends pas avec eu, mais ton orgueil t'a surement poussé à narguer ton frère pour qu'il voit que tu as réussi sans lui, malgré qu'il t'ait chassé.

- Peut-être à tu raison, bien que j'aie toujours pensé que j'ai acheté le manoir parce que c'était une bonne occasion.

Elizabeth essaya de sourire, puis elle reprit

- Est-ce que nous pouvons y aller maintenant ?

Luke se leva, et fit signe à l'aubergiste. Dix minutes plus tard ils se retrouvèrent dans la voiture et Elizabeth avait l'impression que les kilomètres défilèrent à une vitesse de plus en plus folle. Elle se demanda tous ce qui allait encore leur arriver.

Les phares de la voiture, éclairaient la façade du manoir, devant le perron était garé une Armstrong-Siddeley jaune, et Elizabeth ne put s'empêcher de s'exclamer

- Mon Dieu Elliott a réussi à savoir où se trouve tante Irène!

Elle n'attendit pas que Luke sorte de la voiture pour lui ouvrir la portière, et se précipita vers l'entrée Lorsque Luke la rejoignit, la porte s'ouvrit sur la gouvernante.

- Dieu soit loué Mr. Farnsworth vous êtes là s'écria-t-elle.

- Bonjour Mrs Bancroft, je vous présente ma femme

Mrs Bancroft fit une petite révérence imperceptible, et Elizabeth demanda

- Ou se trouve ma tante

- Ils sont tous dans la cuisine répondit la gouvernante et montrant l'endroit mais je voulais vous dire….

Elizabeth n'écouta pas les explications de la bonne dame, elle se dirigea presque en courant vers les communs. Des serviteurs s'affairaient Elizabeth vit Elliott de dos, il parlait à la personne qui devait être assise en face de lui. La jeune femme n'entendit rien, il y avait du brouhaha dans la pièce, mais son cœur fit un bond, lorsqu'elle s'approcha et qu'elle vit son petit frère assis devant une table avec une couverture sur les épaules. Le reste de la famille l'entourait. Le silence se fit, et pendant un moment tout semblait se figer, puis chacun voulu dire quelque chose, et ce fut à nouveau un bruit infernal.

- Silence ! s'exclama Luke qui était entré dans la cuisine. Et tout le monde se tut.

Luke se tourna vers Daniel et lui demanda

- Pourrais-tu m'expliquer ce qui se passe ici ?

Sur le moment Daniel fut un peu stupéfait que Luke s'adresse à lui au lieu de tante Irène, puis il en fut curieusement fier. Certainement que son beau-frère le considérait comme l'homme de la famille après lui. Il se redressa et répondit

- Cet après-midi, Hubert est allé promener son chien comme tous les jours. Lorsqu'à quatre heures il ne fut toujours pas de retour, tante Irène inquiète a demandé à tout le monde d'aller le chercher dans les environs. Les jardiniers, les valets d'écuries et nous-même sommes partis chacun de notre côté pour ratisser la région afin de le retrouver. Hélas cela n'a rien donné. En revenant à la maison, j'ai appris que Margaret qui avait cherché autour de la maison, avait trouvé Comet qui rentrait en boitant.
A ce moment-là nous avons pensé qu'il avait dû se passer quelque chose de grave. Hélas le chien ne faisait que gémir, et il n'y avait aucune trace de mon frère. Alors tante Irène a décidé de vous en avertir. Bien sûr nous avons continué notre recherche, et on s'était donné encore une heure, et alors nous aurions signalé la disparition d'Hubert aux autorités.

Luke darda son regard sur Le jeune garçon, Elizabeth n'avais pas attendu les explications et l'avais serré dans ses bras, heureuse de le retrouver sain et sauf, et s'assurait qu'il était en bonne santé. Mais lorsqu'Hubert sentit le regard de Luke, il sut que c'était maintenant à lui de raconter son histoire.

- J'étais sorti pour faire courir Comet, il aime bien que je lui lance un bâton qu'il rattrape. Je ne suis pas allé près de la rivière cette fois ci. Il lança un coup d'œil à tante Irène. J'avais décidé de voir la vieille ruine qu'il y a près de la forêt, il parait qu'on y a vu des fantômes, et j'avais décidé de voir moi-même si c'était vrai.

- Continue l'encouragea Luke

Le jeune garçon soupira, il caressait son chien qui s'était endormi sur ses genoux.

- Donc j'étais à l'intérieur de la bâtisse, il y avait beaucoup de poussière, les carreaux des fenêtres étaient cassés, et le paquet craquait sous mes pas. J'ai essayé d'écouter si j'allais entendre les plaintes d'un fantôme, mais il n'y avait que le vent qui sifflait à travers les interstices des poutres du toit. Je m'étais promis de venir la nuit pour la chasse au fantôme parce que je pensais qu'ils devaient dormir pendant la journée

- Quoi !!! S'exclama tante Irène tu avais l'intention de te glisser dehors la nuit pour aller chasser les esprits dans une maison en ruine ?

Hubert était dans ses petits souliers. Il se rendait compte qu'il aurait dû omettre de parler de ses projets, mais Luke semblait tellement intéressé par ce qu'il racontait qu'il avait oublié la présence de tante Irène.

- Oui, mais bon je ne crois pas que je le ferai, reprit-il après l'interruption de sa parente. En tout cas, lorsque je suis sorti de la maison, Comet s'est mis à aboyer, et j'ai senti quelqu'un qui m'agrippais par derrière et qui me pressait un chiffon sur la figure. Comet a bien essayé de m'aider, mais l'homme lui a donné un méchant coup de pied. Instinctivement, Hubert serra son chien un peu plus fort dans ses bras et se dernier laissa échapper un couinement. Tout le monde était pendu à ses lèvres, et Hubert semblait s'en rendre compte. Il voulait faire durer un peu le suspense

- Et alors ? demanda Margaret

- Ben il y avait une drôle d'odeur sur le chiffon, et puis tout fut noir, et j'ai dû m'évanouir

Chapitre vingt six

Chacun a père et mère
Mais rien n'est plus difficile à trouver
Qu'un frère
(Proverbe chinois)

Mais comment à tu réussi à revenir ici ? demanda Daniel

- Eh bien, répondit Hubert, je me suis réveillé dans une sorte de remise, c'était presque aussi poussiéreux que la maison hantée. J'avais les mains liées et je voyais le ciel par la fenêtre. J'ai essayé de me lever, mais ma tête tournait. Je me demandais pourquoi j'étais là, et j'avoue que j'ai eu un peu peur. Ce qu'il n'aurait admis pour rien au monde, c'est qu'il avait été terrifié.

- Mais comment as-tu réussi à partir, et où se trouve l'endroit où l'on t'a retenu prisonnier ? Demanda Luke

- Je ne sais plus, j'ai longtemps essayé de me libérer, comme je n'avais pas de bâillon, j'ai appelé au secours, mais l'endroit où l'on m'a mis était surement abandonné, et puis j'ai entendu du bruit, et une porte s'est ouverte, et il y avait un jeune garçon qui est entré

- Un garçon ?! Cette exclamation fut poussée en même temps par Luke et Elizabeth. Car tous les deux étaient sûrs à présent que Réginald était derrière tout ça.

- Oui, il a mis le doigt sur la bouche pour me dire que je devais me taire, avant d'enlever mes liens. Puis il m'a dit que je devais me sauver, et courir très vite en me cachant. Je l'ai suivi dehors, et il a fermé derrière moi la porte à clé. Je lui aie dit que je ne savais pas où j'étais, il m'a indiqué comment arriver près d'une route, et de demander la première personne qui passerait. J'ai eu l'impression de marcher pendant des heures, il n'y avait personne, et la nuit commençait à tomber, je ne savais même pas si je marchais dans la bonne direction, et puis j'avais peur pour Comet. Et je me suis dit que tante Irène était surement fâchée parce que je ne suis pas rentré pour le thé

- Fâché jeune homme ! J'étais morte de peur, oui

- Pardon tante Irène, mais je ne l'ai pas fait exprès

Irène pris la main de son neveu, elle avait une larme au coin de l'œil

- Je sais bien

- Comment à tu réussi à arriver en fin de compte ?

- Eh bien j'ai été ébloui par les phares d'une voiture, et je me suis précipité sur la route. J'étais sûr que si je laissais passer cette voiture, je devrais certainement attendre le lendemain avant que quelqu'un ne vienne. Et puis j'avais toujours peur que celui qui m'a enlevé revienne me chercher.

- C'est le moment où moi j'entre en scène, dit Elliott

Tout le monde se tourna vers lui. Il souriait de toutes ses dents. Irène pinçait ses lèvres et ne put s'empêcher de faire remarquer en regardant sa nièce

- Je devrai t'en vouloir d'avoir révélé à Mr. Woodrow ou je me trouvais. Elle mit un certain accent sur le Mr.

- Mais ! … répondit Elizabeth, avant qu'Elliott ne l'interrompe en regardant intensément Irène

- Elle ne m'a rien dit, c'est moi qui aie découvert tout seul où tu te cachais.

- Je ne me cachais pas je….

- Peu importe ! Coupa Luke, nous parlerons de cela plus tard. Mr. Woodrow, je déduis de tout ça que vous avez trouvé mon jeune beau-frère sur le bord de la route.

- J'ai failli le renverser, il s'est précipité sur la route, et j'ai dû freiner à mort. Sur le moment je n'ai pas compris ce qu'il me disait, j'ai attendu qu'il se calme, et il m'a dit où il voulait aller. Ça tombait bien je voulais aller dans la même direction, et nous voilà tous les deux.

Le silence se fit de nouveau. Puis la cuisinière reprit

- Est-ce que je peux récupérer ma cuisine ?

Ce soir-là, alors qu'Elizabeth se brossait les cheveux devant sa coiffeuse, elle repensa à cette journée, chargée d'émotions. Elle se rappela les courses qu'elle avait faites et les cadeaux qu'elle n'avait pas emmenés. Elle avait l'impression que ça faisait déjà des jours que tous cela s'était passé. Elle laissa tomber ses épaules, la fatigue semblait l'avoir terrassé d'un coup. Luke sortit de la salle de bain, il éteignit la lumière et se dirigea vers le lit. Dans le miroir, elle pouvait voir son corps qui se mouvait telle une panthère. Elle admirait les muscles qui jouaient sous sa peau, alors qu'il soulevait la couverture. Il se coucha, et la regarda, les mains croisées derrière la tête.

- Alors tu viens te coucher, ou tu continues jusqu'à ce que tu sois chauve ?

Elizabeth se leva, et se dirigea vers le lit. Elle se mit à bailler avant de se coucher à côté de son mari.

- Est-ce que c'est une allusion au fait que tu es trop fatiguée pour faire l'amour ? demanda-t-il amusé

- Non ça veut juste dire que j'ai eu une journée fertile en émotions et que j'ai sommeil.

- Allez viens là dans mes bras, je saurai me contenir, car moi aussi je l'avoue je suis complètement vanné.

Il éteignit la lampe de chevet, et l'obscurité se fit dans la chambre. Après un moment de silence, Elizabeth reprit

- Tu crois qu'Hubert sera traumatisé à cause des récents évènements ?

- Tiens je croyais que tu avais sommeil, répondit Luke d'un ton ironique.

En réponse à ta question, non je ne crois pas, il est très équilibré, et il se remettra assez vite du choc. Cela vient aussi du fait qu'il n'a pas été élevé dans du coton, il connait les réalités de la vie

- Malheureusement répondit Elizabeth.

Luke se tourna vers sa femme, puis la serra tendrement contre lui en lui chuchotant à l'oreille

- Tout va bien à présent, il est à la maison, alors cesse de te faire du souci

- Oui mais... Si jamais ton frère essayait de nouveau de l'enlever

- Non il n'essayera plus, demain j'irai le voir, et je règlerai cette affaire une bonne fois pour toute.

Elizabeth se raidit entre ses bras, elle avait peur tout à coup. Elle conjecturait que Réginald, n'était pas très normal, et les détraqués avaient tendances à être très dangereux.

Luke devina le fil de ses pensées, il l'embrassa dans le cou avant de dire

- Ne te fait pas de soucis je connais Réginald, je ferai très attention

- Je veux bien le croire, mais j'ai bien peur qu'il ne te connaisse aussi et n'en profite pour te faire du mal.

- Je ne suis plus un gamin, depuis la dernière fois ou nous étions face à face. J'ai été à la guerre, je sais comment me défendre, tu verras tout iras bien. Et si je ne réussis pas à lui faire entendre raison, j'irai voir les autorités, et porterai plainte pour enlèvement et séquestration.

- Mais tu ne peux pas prouver que c'est bien lui qui a enlevé Hubert

- Qu'importe, je trouverai des preuves.

Elizabeth se tut, mais elle ne put s'empêcher de se dire que Luke prenait de grands risques. Mais elle avait l'intention de demander à Elliott et Daniel de l'accompagner pour lui prêter main forte. Elle se remit à bailler, se blottit contre son mari et fini par s'endormir.
Luke par contre ne réussit pas tout de suite à dormir, il pensait à ce qu'il allait faire le lendemain. C'est vrai qu'il connaissait Réginald, mais il avait l'impression que son frère était devenu pire avec les années.

****

Irène ne dormait pas non plus, elle se tournait et se retournait dans son lit, pourquoi Elliott était-il revenu ? Elle avait réussi à l'oublier. En tout cas elle avait eu cette illusion jusqu'à ce qu'Elizabeth lui apprenne qu'il était de retour. Elle ne voulait plus recommencer une histoire d'amour avec lui, et avec personne d'autre non plus, elle était trop vieille, et elle avait trop peur de la douleur des désillusions. Pourtant Elliott avait réussi à lui parler avant qu'elle ne monte se coucher. Là elle avait eu vraiment le temps de le regarder, de voir comment il avait changé en plus de vingt ans. Ces années avaient laissé des traces sur eux, ils étaient plus murs, et peut-être plus sages. Il avait toujours sa tignasse brune en désordre, même si elle était à présent parsemée de fils gris. Son corps n'avait pas pris l'embonpoint que la plupart des messieurs prenait avec l'âge à cause de la bonne chair et d'une vie sédentaire. Il avait quelques rides autours des yeux, mais son regard était toujours sombre. Il avait beaucoup bruni, le soleil de l'Afrique avait tanné sa peau, même s'il n'avait jamais eu un teint clair puisqu'il passait son temps dehors.

Irène se leva, elle avait eu l'intention de descendre se faire un verre de lait chaud, mais devant la porte elle hésitait. Non elle n'avait pas envie de tomber sur quelqu'un d'autre qui fut insomniaque. Elle se dirigea vers la fenêtre et tira un peu les rideaux. Les étoiles scintillaient, et la lune était réduite à un croissant. La nuit allait être longue. Elle soupira. Et il lui vint en mémoire ce qu'Elliott lui avait dit. Elizabeth n'avait pas divulgué l'endroit où elle se trouvait, Elliott l'avait déduit de lui-même.

Irène soupira, puis retourna vers on lit, et se glissa entre les draps. A quoi bon se casser la tête, Elliott était là, sous le même toit qu'elle, et elle se doutait qu'il n'allait pas se laisser chasser facilement. Elle ferma les yeux, espérant de toutes ses forces que le sommeil la cueille.

Au même moment, Elliot se retrouvait lui aussi bien éveillé dans la chambre qu'on lui avait donnée. Il repensa aux péripéties de la journée.

Dans le milieu des affaires, les hommes se connaissaient presque tous entre eux, et il savait donc que Luke possédait un domaine dans le Devon. Il avait alors pensé que la tante de la femme de Luke pouvait se trouver à cet endroit, d'autant qu'elle ne devait pas être à Londres puisque Elizabeth avait dû la joindre par téléphone.

Elliott avait ouvert la fenêtre de sa chambre. Il était content d'être dans la place. Il avait eu une chance folle d'être passé sur cette route au moment où le jeune garçon était arrivé. Dire que depuis une heure il avait tourné en rond, ne sachant pas très bien dans quelle direction était le manoir de Luke. Il alluma un cigare, et souffla la fumée dans la nuit. Irène n'avait pas vraiment changé, du moins le regard qu'il posait sur elle était toujours le même, elle était la femme la plus séduisante qu'il connut. L'attirance qu'il éprouvait à son égard était aussi encore très présent, et il était sûr qu'elle aussi la ressentait, il l'avait vu dans son regard. Mais il avait vu également qu'elle avait la volonté de lui résister.

Il aurait dû revenir plus tôt, les années qui les séparaient étaient trop nombreuses. Mais son orgueil ne lui avait pas permis de se présenter devant elle sans avoir fait fortune. Ensuite la guerre avait éclaté, le monde était à feu et à sang. Peut-être pas le monde entier, mais leur monde à eux. Et puis il y avait eu Antje. Quelle folie de l'avoir épousée.

Était-il trop vieux pour recommencer une nouvelle vie, comme le laissait entendre Irène ? Il n'avait pas encore cinquante ans, il ne se sentait pas encore comme un vieillard, et il avait l'intention de vivre heureux le reste de sa vie, et cela ne serait pas possible sans Irène. Il éteignit son cigare et le jeta par la fenêtre, avant de fermer celle-ci. Il allait réfléchir à la façon dont il pourrait convaincre la femme de sa vie que tout était encore possible, et certainement qu'Elizabeth pourrait être une alliée.

Le soleil était haut sur l'horizon, lorsqu'Elizabeth se réveilla, elle sentit la main de Luke qui la caressait doucement l'épaule. Elle lui sourit.

- J'ai faim dit-elle

- Moi, aussi, répondit Luke en l'enlaçant. Puis il commença à la caresser, et le désir la submergea, mais avant de perdre complètement la tête Elizabeth le repoussa un peu

- Il faut que nous parlions

- Maintenant ?!

- Tu vas aller voir ton frère aujourd'hui n'est-ce pas ?

Luke soupira et se laissa choir sur le dos

- Oui je vais m'en occuper, il faut que je mette les choses au clair une bonne fois pour toute, avant que Réginald ne commettre une folie plus grande encore que d'enlever ton petit frère.

- Je veux que tu emmènes Daniel et Elliott

Luke se tourna à nouveau vers sa femme, il enleva tendrement une mèche de ses cheveux de son visage.

- Pourquoi

- Parce que j'ai peur

- Il ne faut pas, je te jure que j'arriverai à régler cette histoire, d'ailleurs pour te le prouver, je te donne l'autorisation de prévenir la police si je ne suis pas de retour deux heures après

- N'empêche qu'en deux heures il peut se passer bien des choses

- Oui, mais il faut que je règle cette affaire seul, et une bonne fois pour toute, et après nous n'y penserons plus.
Pour toute réponse, Elizabeth soupira, et Luke reprit

- Tu dois me faire confiance

- Je te fais confiance, c'est ton frère qui me pose problème.

- Je te jure que si la situation devient dangereuse je partirai, et j'enverrai les autorités

- Promis

- Promis, croix de bois, croix de fer si je mens je vais en enfer, dit-il solennellement en levant les deux doigts de la main droite en signe de serment.

Elizabeth lui sourit. Elle n'était toujours pas complètement rassurée, mais elle voulait croire en Luke

- Et maintenant est ce que j'ai le droit d'aimer ma femme avant le petit déjeuner demanda-t-il ?

- Tu peux, lui répondit-elle en l'attirant à elle.

Chapitre vingt-sept

Nul ami tel qu'un frère
Nul ennemi comme un frère
(Proverbe indien)

Luke rangea sa voiture non loin du manoir de son enfance.
D'ici on ne voyait pas qu'il était là. Il resta un instant immobile devant l'édifice. Des souvenirs se bousculèrent dans son esprit. Il se revoyait petit garçon, avec sa mère. Elle était tellement douce et gentille, puis il voyait ces années où le château se décrépissait de plus en plus, les domestiques qui quittaient leur poste pour chercher ailleurs ; les champs qui n'étaient plus entretenus parce que les paysans aussi allaient voir ailleurs si l'herbe était plus verte. Les rentrées d'argents se faisaient de plus en plus rare, et il se demandait bien comment il avait réussi à passer toute sa scolarité à Eton.

Certainement qu'il n'aurait pas fini Cambridge, même s'il n'y avait pas eu le drame.

Luke soupira, puis ouvrit la porte de sa voiture et sortit. La maison avait continué vers la pente glissante du délabrement, et il semblait que les ronces et les mauvaises herbes avaient réussis à envahir le paysage.

Luke eu un petit pincement de cœur. Qu'aurait pensé les générations qui avaient régnées ici avant que son père n'entre en scène.

Le porche était branlant, mais la porte d'entrée en bois massif semblait encore relativement solide. Il savait qu'il était inutile de frapper, personne ne l'entendrait, en tout cas pas un majordome stylé. Il entra donc dans la place. Partout autour de lui, c'était le règne de la poussière et des toiles d'araignées. Il avait même l'impression qu'un rat venait de disparaitre au coin du couloir à son arrivée. Il se dirigea vers la bibliothèque. Il n'y avait personne. Le manoir semblait abandonné. Luke regarda le tableau qu'on avait accroché en haut de la cheminée. Un de ses ancêtres lointain le regardait d'un air sévère. Dire que cet homme avait été magistrat, et qu'il s'occupait de faire régner l'ordre dans cette contrée, que penserait-il s'il voyait où l'inconscience de ses descendants avait amené le domaine, jadis florissant.

Le silence était lourd et oppressant. Luke se demanda s'il ne devait pas appeler pour voir si quelqu'un allait venir, et puis il entendit comme un gémissement au loin. Il fronça les sourcils, puis s'élança dans la direction d'où venait le bruit. A mesure qu'il approchait ses cheveux se dressaient sur la nuque. Il sentait le danger.

Il monta les marches de l'ancien escalier. Ses pas résonnaient sur le marbre nu ou avant était posé un tapis et il avait l'impression de faire tellement de bruit qu'il était impossible de ne pas l'entendre. Il vit la porte entrouverte de son ancienne chambre d'enfant. Il s'approcha et regarda à l'intérieur. Dans le coin tout au fond, coincé à côté de l'armoire un jeune garçon était assis se tenant les genoux. Luke avait l'impression qu'il voulait se fondre avec l'environnement, se faire plus petit pour entrer dans un trou de souris. Luke s'approcha de lui, et se rendit compte qu'il était couvert d'ecchymoses. Il s'accroupit devant lui et demanda

- Ça va ?

Le garçon sursauta, il releva la tête, et Luke pu apercevoir des larmes au fond de ses yeux, même s'il essayait vaillamment de les retenir. Il avait la lèvre fendue, du sang séché sur son nez et un œil au beurre noir.
Luke serra les poings

- Qui t'as fait ça ? Demanda-t-il, alors qu'il connaissait la réponse. L'adolescent ne lui répondit pas, mais il vit un éclair d'effroi dans son regard ce qui lui permit d'esquisser le coup de batte de cricket que Réginald était sur le point de lui assener. Il sauta de côté. Ce qu'il vit l'alarma au plus haut point. Réginald semblait comme fou, il tenait d'une main ferme la batte près à assener encore et encore

- Enfin tu es là où je voulais t'avoir dit-il dans un ricanement

- Qu'est-ce que tu as l'intention de faire répondit Luke calmement. Il avait entendu quelque part qu'il fallait parler normalement aux gens qui avaient perdus l'esprit.

- Je vais te tuer, j'aurai dû le faire il y a des années, mais à présent tu es à ma merci

- Tu ne réussiras pas facilement, repris Luke, je suis plus jeune et plus fort que toi

- C'est ce qu'on va voir.

Luke réussi à esquiver toutes les attaques de Réginald, mais il se rendait compte que ce dernier semblait régi par une force inhabituelle. Il ne pouvait que se défendre, en espérant que son adversaire se fatigue.

- Arrête, ça ne te servira à rien, on t'arrêtera, on te pendra si tu me tue

- Non j'ai bien réussi à tuer père, et quelques autres, et personnes jamais ne m'a arrêté

- Tu es fou ! S'exclama Luke en sautant une énième fois de côté, ma femme est au courant de tout, elle ferait mener une enquête si tu me tue

- Ils ne trouveront rien, ils n'ont rien trouvé quand j'ai fait partir Eva, et je profiterai de ta fortune

- Tu ne pourras pas, répondit Luke en se baissant, j'ai laissé des copies de testament chez plusieurs notaires, tu n'auras rien, ma femme sera mon héritière

- J'aurai ta femme, j'ai toujours réussi à avoir les femmes que je voulais, et puis ce ne serai que justice, tu as pris la mienne.

- Tu la battais, elle avait peur de toi

- Et alors ? .... C'était la seule qui me plaisait vraiment, plus jamais je n'ai pu avoir de relation aussi parfaite qu'avec elle, rien que pour ça tu dois mourir.

Luke se mouva encore une fois de côté pour esquiver un autre coup, il était sorti de la chambre à reculons, mais il n'allait plus tenir longtemps. Réginald s'arrêta un moment, et le regarda avec un sourire mauvais.
Luke se retrouvait en haut des marches, et Réginald se dit qu'il fallait juste encore un petit coup, et son imbécile de

frère allait se retrouver au bas des marches avec la nuque brisée. Il prit un élan, et sa tactique faillit marcher, mais Luke se retint au dernier moment à la rampe, et Réginald, entrainé par son élan, tomba sur les marches de marbres. Son cri affreux résonna longtemps dans la maison. Luke ne bougea pas tout de suite, il avait l'impression de sortir d'un cauchemar et puis il entendit un bruissement. Son neveu sortit en se trainant de la chambre, et regarda en bas, épouvanté.

- Est-il mort ? demanda-t-il

- Je ne sais pas. Je vais voir, reste ici.

L'adolescent se laissa glisser le long du mur, il semblait être à bout de force. Luke se promit de s'occuper de lui. Il descendit pour voir le corps de son frère qui avait roulé dans le hall. Il s'approcha doucement. Réginald regardait le plafond d'un regard vide, mais il vivait encore

- Ce n'est pas juste dit-il dans un souffle, tu aurais dû mourir, j'aurai dû jouir de ta fortune et de ta femme, ce n'est pas juste. Puis il eut un soubresaut, et sa tête roula de côté.

Luke s'accroupit à côté de lui, et essaya de trouver son pouls dans son cou. Mais il n'y avait plus de frémissement, Il était mort et bien mort.
Luke se leva en soupirant, il ferma les yeux de Réginald et remonta les escaliers.
A son approche son neveu leva la tête, son était regard interrogatif

- Ton père est mort, répondit Luke à sa question muette.

C'est à ce moment-là que le jeune garçon laissa couler ses larmes.

- Il m'avait fait venir ici, il disait qu'il n'avait plus d'argent pour me payer le collège, il était comme fou. Il m'avait dit qu'il allait faire quelque chose afin d'avoir de l'argent. J'avais tellement peur de lui. Et puis il a enlevé un enfant, je l'avais suivi, et je ne pouvais pas croire qu'il fit cela. Un sanglot monta à sa gorge, et il ne put continuer. Luke posa sa main sur son épaule.

- Comment t'appelles-tu ? Et quel âge as-tu ? Demanda Luke

- Je m'appelle Jason Farnsworth et je vais avoir treize ans en octobre
Luke s'accroupit devant son neveu, et lui dit

- Je suis Luke ton oncle, et aussi le beau-frère du garçon que tu as libéré.

- Que va-t-il m'arriver ? Est-ce que je devrais aller dans un orphelinat demanda Jason en s'essuyant le nez avec sa manche

- Tu vas venir avec moi, je t'emmène en ville voire un médecin, puis nous irons au poste de police pour signaler la mort de ton père, et ensuite je te ramène chez moi. Je vais m'occuper de toi.

Jason semblait réfléchir un moment avant de reprendre

- Est-ce qu'il a dit vrai avant ? Est-ce qu'il a vraiment tué ma mère ?

Toute la douleur du monde semblait être contenue dans cette phrase. Luke soupira. Il avait la forte tentation de nier, mais il savait qu'il était malsain de mentir à un enfant.

- Je ne sais pas, répondit-il après un certain moment, il n'était plus normal, alors qui sait.

- Il m'a battu parce que j'ai contrarié ses plans. Jusqu'à présent il ne m'avait jamais battu.

- Allez viens dit Luke en tendant la main à son neveu, car il ne savait pas vraiment quoi dire à ce gamin.

Elizabeth était de plus en plus inquiète. Après le départ de Luke se matin, un mauvais pressentiment l'avais submergée. Elle avait rassemblé sa famille dans le salon, et leur avais raconté toute l'histoire de famille de son mari ; et pourquoi ce dernier étais partit ce matin. Daniel avait spontanément proposé de le suivre afin de lui prêter main forte en cas de besoin, et Elliott aussi avait proposé d'utiliser sa voiture pour aller là-bas. Mais Elizabeth avait su à cet instant que si elle acceptait d'envoyer les deux hommes à la rescousse de son mari, ce dernier lui en voudrait de ne pas lui faire confiance. Elle avait donc trouvé un compromis, et proposé d'attendre une heure avant d'envoyer les renforts. Mais le temps semblait s'étirer en longueur, et elle avait décidé d'attendre devant le chemin sur un banc à l'abri d'un vieux chêne. Elle savait bien que ça ne servait à rien, mais elle avait besoin de guetter le bruit du moteur. Aucune attente jamais ne lui avait parue aussi longue.

Irène pour sa part avait décidé d'aller dans le jardin arracher des mauvaises herbes, elle avait besoin de s'occuper, et surtout elle voulait fuir Elliott. Elle se faisait bien sûr du souci pour Luke, grâce à lui ses neveux avaient leur avenir assuré, et elle lui en était reconnaissante. En plus elle était sure qu'Elizabeth avait développé un tendre sentiment pour son mari, tout aurait donc été pour le mieux.

Et voilà qu'au moment où tous les problèmes semblaient résolus, un nouvel obstacle se dressait sur leur chemin. Irène soupira, elle avait l'impression que depuis vingt ans, les soucis s'étaient accumulés de plus en plus.

« N'y aurait-il donc jamais de fin à cette misère ?» pensa-t-elle.

Elle leva la tête, car elle avait senti qu'on l'observait. Elliott était là juste en face. Il la regardait, il ne disait rien. Irène soupira à nouveau, elle savait que fuir n'était pas une solution il fallait régler ce problème une bonne fois pour toute. Elle se redressa de toute sa taille, et d'un pas martial marcha vers celui qu'elle considérait comme un adversaire.

- Dit moi ce que tu as à dire, et puis fiche le camp.

- Tu es toujours aussi belle quand tu te mets en colère, répondit Elliott le sourire aux lèvres.

« Cet homme me rendra chèvre » se dit Irène, puis elle se dirigea vers un coin ombragé ou on avait placé des chaises en rotin et un parasol. Elle se laissa choir sur l'une d'elle, et reprit :

- Alors je t'écoute ?

Elliott s'approcha doucement, comme s'il voulait apprivoiser une bête sauvage.

- Je ne comprends pas pourquoi tu es en colère contre moi. C'est toi-même qui m'a dit de partir, je me souviens encore de tes paroles « Rien n'est possible entre nous il vaut mieux qu'on se quitte »

Irène reprit son souffle. Il fallait qu'elle garde son calme.

- Je te l'accorde, répondit-elle d'une voix calme, mais ce que je te reproche, c'est qu'après vingt ans, tu reviens la bouche en cœur en essayant de reprendre notre relation

Elliott s'assit sur le fauteuil à côté d'Irène.

- Ce qui nous a séparés n'existe plus, et je ne t'ai jamais oublié, et je sais à présent que tu es la seule femme qui puisse me rendre heureux.

Cette fois ci Irène ne put garder son calme. Elle qui d'habitude se targuait d'être le flegme personnifié, qui ne se laissa jamais envahir par les émotions, ne put se retenir, elle se mit debout d'un bond, les mains sur les hanches et reprit

- Cela fait près de quinze ans qu'aucun obstacle ne nous sépare plus. Ou était tu lorsque je me suis retrouvé sans toit ? que faisais tu pendant que je me demandais de quoi demain sera fait ?
 Et lorsque la nuit je ne pouvais pas dormir et que je ne savais même pas ou tu étais, et si même si tu étais encore en vie, que faisait tu à ce moment-là ? Je vais te le dire, tu te mariais avec une riche héritière.
Elliott se leva à son tour. Dire qu'il était surpris était un euphémisme, il ne sut pendant un moment pas quoi répondre, alors qu'Irène le regardais d'un air hautain telle

une reine disputant son laquais, les bras croisés, attendant qu'Elliott avoue forfait.

- Tu savais ? demanda-t-il d'une voix égale, après avoir repris contenance

- Figure toi qu'un an après la guerre, j'ai revu une vieille amie d'enfance qui avait suivis son mari en Afrique du Sud, et qui était de retour en Angleterre, elle savait qu'il y avait eu une idylle entre nous, et elle s'est fait un plaisir de me rapporter ton mariage prestigieux avec la fille d'un diamantaire.

Elliott laissa retomber ses épaules, Irène n'allait peut-être jamais lui pardonner. Mais dans le même temps il eut un sursaut de révolte. Non il n'allait pas abandonner. Il se dirigea d'un pas martial vers la femme de sa vie. Cette dernière perdit un peu de sa superbe, se demandant quelle serait ses intentions.

- J'ai fait une erreur, une grave erreur que je regrette, je ne suis pas parfait. Mais que je sois damné si je laisse cet épisode de ma vie gâcher mon avenir. Il empoigna Irène la serra contre lui et l'embrassa.

Hubert qui les observait depuis un moment faillit s'étouffer avec le bonbon qu'il était en train de sucer.

Epilogue :

Dans la vie toute chose à une fin,
Mais toute fin annonce un nouveau départ
(Serge Zeller)

Après cette journée, Elizabeth fut heureuse lorsqu'elle se retrouva seule avec Luke dans leur chambre et dans ses bras.

- Je crois qu'Elliott a réussi à convaincre tante Irène qu'elle devrait envisager le mariage

Luke sourit

- Je crois qu'il a l'intention d'épouser ta tante aussi vite que possible avant qu'elle ait le temps de réfléchir

- Un peu comme toi avec moi

- C'est ça, quand on a trouvé la femme de sa vie, il ne faut pas hésiter. Dit Luke en lui faisant un clin d'œil.

- Et qu'as-tu l'intention de faire en ce qui concerne Jason ? demanda-t-elle

Luke ne répondit pas tout de suite, il regarda le plafond comme si la réponse était écrite là-haut.

- Nous avons parlé longuement ensemble, après être allé chez le docteur, et en route pour ici. Je lui aie fait une proposition, j'allais l'envoyer à Eton en même temps qu'Hubert, et jusqu'à la fin de ses études je ferai restaurer le château familial.

- C'est très attentionné de ta part répondit Elizabeth en se serrant contre lui

- Après tout c'est la seule famille qu'il me reste à part un très lointain cousin qui est parti vivre aux colonies

Elizabeth lui donna un petit coup de poings dans le bras en s'écriant

- Ce n'est pas vrai, nous aussi on est de ta famille à présent, tu n'es plus seul

Luke se mit à rire, et roula sur sa femme pour emprisonner son corps sous le sien

- C'est vrai mon amour, qui aurait cru il y a quelques mois que j'aurai si vite une famille aussi grande. Et je pense qu'elle grandira encore avec le temps.

- Est-ce que je lui suis vraiment ? demanda doucement Elizabeth alors que Luke l'embrassait dans le cou. Ce dernier leva la tête, et lui demanda

- Quoi ?

- Ton amour

Luke répondit avec un éclair de tendresse dans le regard

- Ne l'as-tu pas remarqué, tu peux faire ce que tu veux avec moi, je me demande comment j'ai pu vivre sans toi.

- Merci répondit Elizabeth, avec un sourire de bonheur sur les lèvres

Luke la regarda un moment, comme s'il attendait quelque chose, puis voyant qu'elle se taisait, il reprit

- Et toi ?

- Quoi moi demanda son épouse d'un air innocent

- Que ressens-tu pour moi ?

- Je t'aime gros bêta, dit-elle en se serrant très fort contre lui, n'as-tu pas remarqué combien j'étais inquiète ce matin quand tu es parti affronter ton frère. S'il t'était arrivé quelque chose….

- Tu serais une riche veuve, railla-t-il

Elizabeth le serras encore plus fort, et reprit un sanglot dans la voix

- Ne plaisante pas avec ça

Luke prit son visage entre ses mains et la regarda profondément avant de lui poser un baiser sur la bouche.

- Excuse-moi mon amour, je sais que je ne devrais pas me divertir avec ça, mais je préfère rire que pleurer dans les situations graves.

- Embrasse-moi dit Elizabeth, aime-moi, fait moi perdre la tête.
Luke ne se fit pas prier, il savait qu'il avait enfin trouvé son port d'attache, et que plus jamais il ne sera seul.